Bettina Wenzel, 1966 geboren, lebt in München. Sie arbeitet seit ihrem Studium als freie Journalistin für verschiedene Rund-funk- und Fernsehanstalten und veröffentlichte zahlreiche Ratgeber.

Ina Hattenhauer wurde 1982 in Berlin geboren und studierte Design an der Bauhaus-Universität Weimar und in Minneapolis. Seit 2009 arbeitet sie als freie Illustratorin für Verlage und Unternehmen wie Ritzenhoff und Langnese.

Bettina Wenzel

Antonellas Reisen

Das grüne Phantom

Mit Bildern von Ina Hattenhauer

FISCHER Taschenbuch

Das für dieses Buch verwendete Papier ist FSC®-zertifiziert.

Erschienen bei FISCHER Taschenbuch
Frankfurt am Main, März 2014

© S. Fischer Verlag GmbH, Frankfurt am Main 2013
Covergestaltung: bilekjaeger, Stuttgart,
unter Verwendung einer Illustration von Ina Hattenhauer
Die Originalausgabe erschien 2011 im Hardcoverprogramm
von FISCHER Sauerländer
Druck und Bindung: CPI books GmbH, Leck
Printed in Germany
ISBN 978-3-7335-0000-9

1. Kapitel

Antonellas Eltern waren jung. Und sie wollten etwas erleben. Deswegen packten sie ihre Reisekoffer und machten eine Schiffsreise mit dem legendären Ozeandampfer MS Sybille. Antonella, die damals noch ein Baby war, nahmen sie natürlich mit.

Die Reise war wunderbar. Antonellas Eltern lagen in den Liegestühlen an Deck und räkelten sich in der Sonne. Sie lauschten dem Plätschern der Wellen. Sie spielten Tennis auf einem der zwölf Tennisplätze. Sie schwammen mit der fröhlich quiekenden Antonella in einem der sieben beheizten Schwimmbecken. Sie probierten jeden Morgen eine andere Marmelade zum Frühstück. Und sie freundeten sich mit anderen Gästen an. Zum Beispiel mit Herrn Olaf Olafson, einem älteren Herrn, der ganz allein unterwegs war. Er sprach nicht viel, aber das, was er sagte, gefiel den beiden.

Zehn Tage lang schipperte die MS Sybille über das Meer. Am elften Tag rammte sie bei voller Fahrt einen Unterwasserfelsen. Einen Unterwasserfelsen, von dem niemand wusste, dass es ihn gab. Deswegen war er auch auf keiner Seekarte verzeichnet. Die MS Sybille sank.

Herr Olafson war ein hervorragender Schwimmer. Er war früher Schwimmtrainer der neuseeländischen Olympiamannschaft gewesen. Im Wasser kannte er sich aus. Er versuchte, den anderen Passagieren zu helfen, aber das Schiff sank einfach zu schnell. Als sich Herr Olafson selbst in Sicherheit bringen wollte, hörte er ein ohrenbetäubendes Gebrüll.

Er ruderte mit seinen Armen und Beinen, um nicht unterzugehen, und blickte sich um. Alles, was er sah, war eine kleine, rote Plastikbadewanne. Mit ein paar kräftigen Schwimmzügen pflügte Herr Olafson durch das Wasser auf die Badewanne zu. Er blickte hinein. Darin lag Antonella und brüllte aus Leibeskräften: RABÄÄH, RABÄÄÄHHHH, RABÄÄÄÄÄÄÄÄÄÄÄÄH!!!

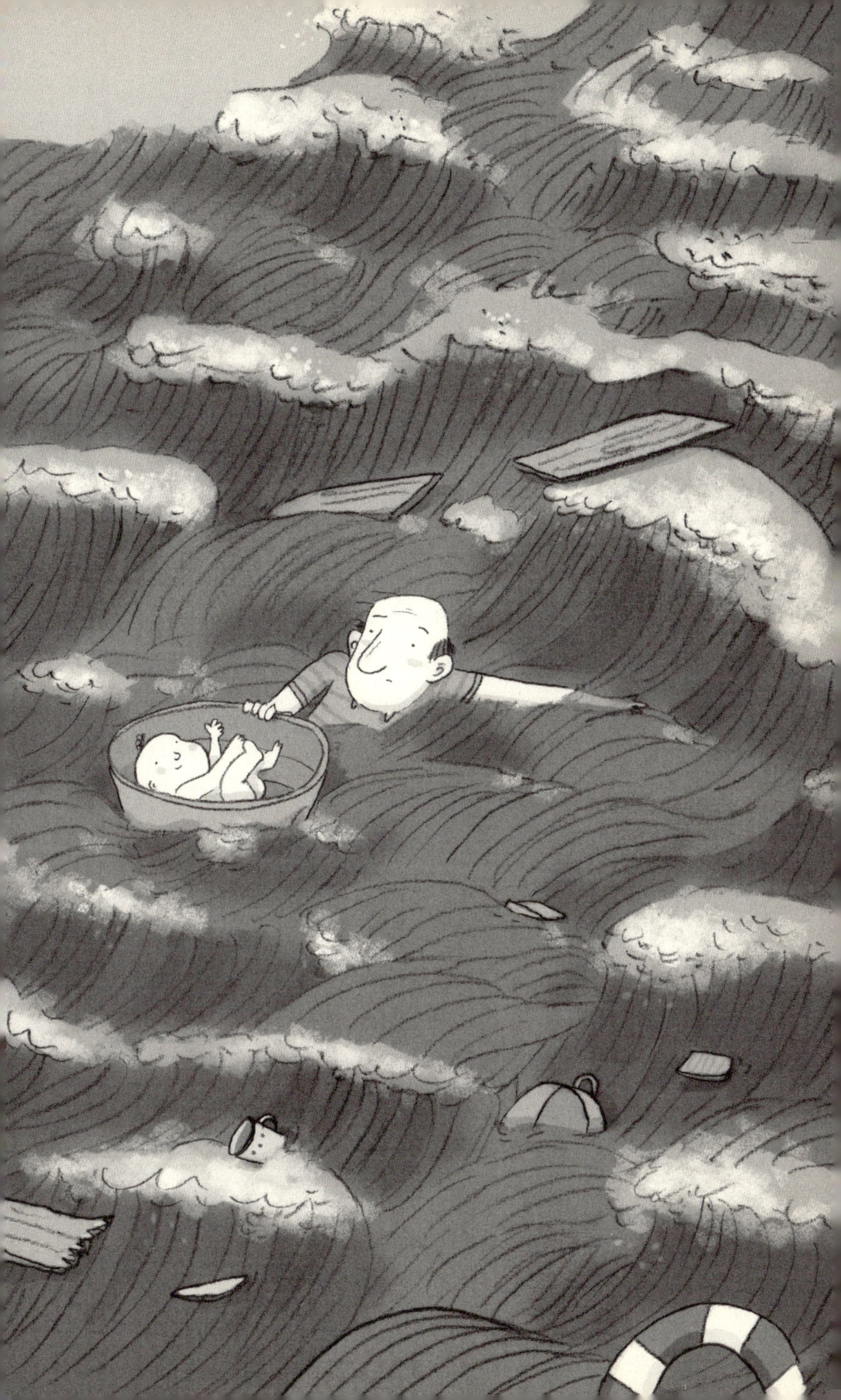

Herr Olafson hatte keine Erfahrung im Umgang mit Babys. Und erst recht nicht mit schreienden.

»Könntest du bitte ein bisschen leiser schreien?«, fragte er vorsichtig. Antonella hielt kurz mit dem Schreien inne, warf ihm einen erstaunten Blick zu und fing wieder an: RABÄÄH, RABÄÄÄÄH, RABÄÄÄÄÄÄÄÄÄÄÄÄÄÄÄÄÄÄÄ- ÄÄÄH!!!

Herr Olafson kratzte sich am Kopf. Da fiel ihm das Kinderlied ein, das seine Mutter ihm immer vorgesungen hatte. Den Text hatte er vergessen, aber an die Melodie erinnerte er sich noch. Leise fing er an zu pfeifen. Antonella brüllte weiter. Er pfiff lauter. Antonella brüllte weiter. Er pfiff noch lauter. Antonellas Brüllen wurde leiser. Und leiser. Schließlich hörte es auf. Herr Olafson warf einen Blick in die Plastikbadewanne. Antonella grinste ihn an. Und Herr Olafson konnte nicht anders: Er grinste zurück.

7 Stunden und 24 Minuten schwamm Herr Olafson durch den kalten Ozean, in der Hoffnung, die Küste zu erreichen. Die rote Plastikbadewanne schubste er vor sich her. Immer wenn Herr Olafson hineinschaute, grinste Antonella und quiekte fröhlich.

Nach 7 Stunden und 25 Minuten hörte er das Tuten eines Schiffes. Herr Olafson winkte und schrie. Das Schiff kam näher. An der Reling standen Menschen. Ein paar

Minuten später wurde ein Boot ins Wasser gelassen. Herr Olafson hob erst die rote Plastikbadewanne hinein, dann kletterte er selbst hinterher. Und dann wurde es schwarz um ihn.

Als Herr Olafson wieder erwachte, lag er in einer engen Kombüse auf einer Pritsche. Es roch nach feuchten Socken und Eiern mit Speck. Neben ihm saß ein Mann mit einem weißen Kittel. Der Schiffsarzt.
»Na, geht es Ihnen gut?«, fragte er. »Die rote Plastikbadewanne war Ihr Glück. Nur deswegen haben wir Sie gesehen.«
Jetzt fiel Herrn Olafson alles wieder ein. Er richtete sich auf. »Das Baby?«, fragte er.
»Schläft.« Der Schiffsarzt rückte zur Seite. Antonella lag in eine weiche Decke gewickelt in ihrer Plastikbadewanne und schnarchte ganz leise. »Die Kleine hatte Hunger wie ein Bär. Aber jetzt geht es ihr bestens.«
Herr Olafson nickte beruhigt und legte sich wieder hin.
»Hätten Sie vielleicht ein Tässchen Tee?«
Der Schiffsarzt lächelte. »So viel Sie wollen. Ich bringe Ihnen auch gleich ein paar Happen zu essen. Sie müssen ja mindestens so ausgehungert sein wie das Baby.«

Zwei Tage verbrachten Herr Olafson und Antonella an Bord der Admiral Karpfanger. Das war der Name des Schiffes. Als die Admiral Karpfanger am dritten Tag im Hafen von Calais einlief, verabschiedete sich Herr Olafson von der Besatzung. Der Schiffsarzt borgte ihm das Geld für die Heimreise.

»Danke«, sagte Herr Olafson. »Danke für alles.«

Er klemmte sich die rote Plastikbadewanne mit der quiekenden Antonella unter den Arm und machte sich auf den Weg zum Bahnhof. Einen Tag später war er zu Hause.

»Wir sind ja so froh ...«, rief Selma Morgentau und schlug die Hände vor der Brust zusammen, »... dass Sie wieder da sind«, beendete Friedegunde Morgentau den Satz und wischte sich eine Träne aus dem Augenwinkel. Selma und Friedegunde Morgentau hatten von dem Schiffsunglück gehört und konnten gar nicht glauben, dass Herr Olafson überlebt hatte.

»Wuff, wuff«, bellte Herbert erfreut und leckte Herrn Olafsons Hand. Herbert war der Hund der Morgentaus. Was für ein Hund er war, wusste keiner so genau. Aber das kümmerte niemanden. Am wenigsten Herbert selbst.

Herr Olafson streichelte Herberts Kopf. Auch er war froh, wieder zu Hause zu sein.

Selma und Friedegunde Morgentau waren seine Nachbarinnen. Sie wohnten schon seit über sechzig Jahren in der Nah-am-Wald-Straße, direkt neben dem Haus von Herrn Olafson. Die beiden mochten Herrn Olafson sehr. Deswegen waren sie auch so glücklich, dass er wieder da war.

»Na so was, wen haben ...« – »... wir denn da?«, fragten Selma und Friedegunde und blickten erstaunt auf die rote Plastikbadewanne mit dem schlafenden Baby.

»Das ist Antonella«, sagte Herr Olafson. »Sie hat mich gerettet.«

Herr Olafson wusste selbst, dass das seltsam klang. Aber es war die Wahrheit. Vor drei Jahren war seine Frau Leopoldine gestorben. Er hatte sie sehr geliebt. Nach ihrem Tod ging er nicht mehr unter Menschen. Er hörte auf, Artikel für das *Internationale Teekannenmagazin*, eine weltweit bekannte Zeitschrift, zu schreiben. Er aß wenig. Er starrte nur auf das Foto seiner verstorbenen Frau und seufzte. Selma und Friedegunde hatten sich große Sorgen um ihn gemacht. Deswegen hatten sie ihn schließlich überredet, auf Schiffsreise zu gehen. Er sollte auf andere Gedanken kommen.

Als Antonella Herrn Olafson das erste Mal aus der roten Plastikbadewanne heraus angrinste, passierte etwas in seinem Herzen. Von dem Moment an wusste er, dass er durchhalten musste. Deswegen schwamm er in dem unendlichen Ozean bis an den Rand der Erschöpfung. Deswegen nahm er Antonella mit nach Hause. Deswegen wollte er alles tun, damit es ihr gut ging.

»Die Kleine stinkt gewaltig«, sagte Selma Morgentau. »Sie muss ...« – »... dringend gewickelt werden«, beendete Friedegunde den Satz.
Herr Olafson nickte. Er hatte keine Ahnung von Kindererziehung. Oder von Windelnwechseln. Er wusste nicht, was Babys aßen. Auf der Admiral Karpfanger hatte sich

die Krankenschwester um diese Sachen gekümmert. Aber die war jetzt nicht mehr da. Die Morgentau-Schwestern warfen sich einen kurzen Blick zu und lächelten. »Kommen Sie nur, Herr Olafson. Gemeinsam werden...« – »... wir das Kind schon schaukeln.«

Und das taten sie. Sie schaukelten Antonella, wann immer sie es wollte, und hatten großen Spaß daran. Herr Olafson lernte, wie man Windeln wechselt, und andere wichtige Dinge. Er fing wieder an, zu essen und Artikel für das *Internationale Teekannenmagazin* zu schreiben. Nur noch selten blickte er seufzend auf das Bild seiner verstorbenen Frau.

Selma und Friedegunde Morgentau nähten jede Menge bunte Kleider für Antonella und halfen Herrn Olafson, wo immer er Hilfe brauchte. Herbert wurde Antonellas bester Freund und folgte ihr auf Schritt und Tritt.

2. Kapitel

Herr Olafson konnte sich ein Leben ohne Antonella bald nicht mehr vorstellen. Als sie vier Jahre alt war, brachte er ihr Mikadospielen, Schwimmen und Radfahren bei. Und als Antonella anfing, auf der Tapete herumzukritzeln, lehrte er sie Lesen und Schreiben und schenkte ihr ein Tagebuch.

»Gedanken werden klarer, wenn man sie aufschreibt«, sagte er, und Antonella schrieb diesen Satz in großen Buchstaben auf die erste Seite, damit sie ihn niemals vergaß.

Einmal die Woche half sie Herrn Olafson, seine Teekannensammlung abzustauben.

Antonellas Lieblingskannen waren:

Die große braune mit dem dicken Schnabel. Sie war aus viermal gebranntem Wüstensand der Wüste Gobi.

Die glänzende weiße mit dem eckigen Henkel. Sie bestand aus afrikanischen Straußeneierschalen.

Die blau-grün karierte Keramikkanne mit den zwei Schnäbeln. Sobald sie mit heißem Tee gefüllt war, begann sie »Mein Hut, der hat drei Ecken« zu pfeifen.

An sonnigen Tagen begleitete Antonella Herrn Olafson zum Fluss. Dort setzten sich die beiden ans Ufer und angelten. Hatten sie etwas gefangen, grillten sie abends Fisch und luden die beiden Morgentaus samt Herbert zum Essen ein. Gemeinsam sangen sie die berühmten Schlager *Capri-Fischer* und *La Paloma* und Friedegunde Morgentau spielte mit dem Schifferklavier dazu. Bei diesen Liedern packte Antonella das Fernweh.

Mit acht Jahren fing Antonella an, den Reiseteil aus Herrn Olafsons Tageszeitung zu lesen und stundenlang mit dem Finger über den Globus zu fahren. Sie fragte Herrn Olafson, ob wirklich alle Wege nach Rom führten und wo genau sich die südlichen Antillen befänden. Sie wollte wissen, wie die Sphinx von Ägypten aussah und warum die Verbotene Stadt verboten war. Sie versuchte, sich das Polarlicht vorzustellen, und träumte von einer Schlittenfahrt durch Alaska.

Herr Olafson war früher nicht nur Schwimmtrainer der neuseeländischen Olympiamannschaft, sondern auch Journalist für Ausgefallenes gewesen. Und weil es überall auf der Welt ausgefallene Dinge zu berichten gab, war er sehr viel unterwegs gewesen. Er war leidenschaftlich gern gereist.

Das war aber schon eine ganze Weile her. Jetzt, mit 65 Jahren, wollte er sich zur Ruhe setzen. Er wollte endlich sein zehnbändiges Standardwerk über Teekannen fertig schreiben. Er wollte ausgiebig Mikado spielen. Wenn er ehrlich war, hatte er überhaupt nicht mehr ans Reisen gedacht.

Andererseits – wenn er Antonellas zahlreiche Fragen beantwortete, spürte er dieses eigenartige Kribbeln in den Haarwurzeln. Das kannte er von früher. Es war immer dann da, wenn er einer besonders außergewöhnlichen Sache auf der Spur war. Oder wenn er eine neue Teekanne für seine Teekannensammlung fand. Oder wenn die neuseeländische Olympiamannschaft gesiegt hatte.

»Antonella«, sagte er am nächsten Morgen. »Was hältst du davon, auf Reisen zu gehen?«
Antonella ließ den Reiseteil der Tageszeitung fallen und starrte Herrn Olafson an.
»Was ich davon halte?«, rief sie aufgeregt.
Antonella fiel Herrn Olafson um den Hals und fing sofort an, ihre Koffer zu packen. Herr Olafson setzte sich erst einmal hin und trank eine Tasse Tee. Dann rief er seinen alten Freund Signor Trullo in Italien an.

»Wir werden nach Italien reisen, Herr Olafson und ich«, erklärte Antonella Herbert, als sie am Nachmittag zusammen einen Spaziergang machten. »Wuff?«, fragte Herbert und Antonella antwortete: »Nein, leider nicht. Einer muss schließlich hierbleiben und auf Selma und Friedegunde aufpassen. Aber ich werde euch schreiben. Versprochen.«

3. Kapitel

Herr Semmelweiß, der Schulleiter der Anton-Schimmelpfennig-Schule, hatte einen anstrengenden Vormittag hinter sich. Deshalb machte er nach dem Mittagessen einen kleinen Spaziergang. Die frische Luft tat seinem Magengeschwür gut.

Strammen Schrittes marschierte er über die Wiesen, als er das Mädchen mit dem zotteligen Hund sah. Der Schulleiter blieb stehen. Merkwürdig, dachte er und rückte seine Brille zurecht. Dieses Mädchen mit den bunten Kleidern und den roten Locken hatte er noch nie in der Anton-Schimmelpfennig-Schule gesehen. Er beschloss, der Sache auf den Grund zu gehen.

»Guten Tag«, sagte er, als er vor Antonella und Herbert stand.

»Wuff«, sagte Herbert und wedelte vergnügt mit dem Schwanz.

»Guten Tag«, antwortete Antonella und lächelte freundlich.

»Haben Sie sich verlaufen?«

»Was? Ja, nein, natürlich nicht. Ich bin der Schulleiter.«

»Freut mich«, sagte Antonella. »Ich bin Antonella. Was macht ein Schulleiter?«

»Also, ein Schulleiter leitet ...«, fing Herr Semmelweiß an, als ihm einfiel, dass *er* ja die Fragen stellen wollte.
Er rückte seine Brille zurecht und fragte streng: »Bist du neu hier?«
»Wie kommen Sie denn da drauf?«, fragte Antonella verwundert. »Ich wohne schon immer hier.«
»Aha«, sagte Herr Semmelweiß und merkte, wie sein Magengeschwür sich meldete. Er verzog das Gesicht.
»Geht es Ihnen nicht gut?«, fragte Antonella mitfühlend. »Möchten Sie vielleicht ein Stück Lakritze?« Sie zog einen schwarzen Lakritzkringel aus ihrer Tasche. »Selma Morgentau sagt, Lakritze hilft gegen alles.«
»Nein, danke«, sagte der Schulleiter. Er hasste Lakritze und Selma Morgentau kannte er nicht.
»Und wo wohnen deine Eltern, wenn ich fragen darf?«
»Meine Eltern sind bei einem Schiffsunglück gestorben. Ich wohne dort.« Antonella deutete auf das kleine Haus in der Nah-am-Wald-Straße. »Bei meinem Rettungsengel.«
Antonella nannte Herrn Olafson manchmal ihren Rettungsengel, weil er sie nach dem Untergang der MS Sybille gerettet hatte. Sie fragte sich, was dieser komische Mann mit dem roten Kopf und der Brille, die ihm ständig von der Nase rutschte, von ihr wollte.
Rettungsengel? Herr Semmelweiß sah Antonella verwirrt

an, beschloss aber, erst einmal die vordringlichen Fragen zu klären.

»Wie kommt es, dass ich dich dann noch nie in der Schule gesehen habe?«

Die Anton-Schimmelpfennig Schule war die einzige Schule weit und breit. Alle Kinder aus der Umgebung mussten sie besuchen.

»Ach so«, Antonella lachte erleichtert. »Warum haben Sie das denn nicht gleich gesagt? Ich gehe nicht zur Schule. Möchten Sie wirklich kein Lakritz? Dann esse ich es nämlich selbst.«

Der Schulleiter stieß hörbar die Luft aus. »Wie alt bist du?«

»Acht. Aber bald werde ich neun.«

»Acht Jahre alt und nicht in der Schule?«, rief Herr Semmelweiß entsetzt. Das konnte er unmöglich durchgehen lassen!

»Ist das so schlimm?«, erkundigte sich Antonella erstaunt. »Was macht man denn in der Schule?«

»Man lernt Lesen und Schreiben und...«, fing der Schulleiter an.

»Aber ich kann lesen und schreiben«, unterbrach ihn Antonella stolz. »Herr Olafson hat es mir beigebracht, als ich fünf Jahre alt war.«

»Wer bitte ist...« – Herr Semmelweiß musste aufstoßen, das hing mit seinem Magengeschwür zusammen.

»Prost Mahlzeit!«, rief Antonella.

»Wer bitte ist Herr Olafson?«

»Das habe ich doch schon gesagt. Mein Rettungsengel.«

Langsam wurde Antonella ungeduldig. Auch Herbert fing an zu gähnen. Doch der Schulleiter ließ sich nicht abwimmeln.

»Und dieser Herr Olafson ist ein ausgebildeter Lehrer?«

Antonella lachte. »Nein, natürlich nicht. Herr Olafson schreibt für das *Internationale Teekannenmagazin*. Jetzt

muss ich aber gehen«, sagte sie. »Es war nett, Sie kennen gelernt zu haben. Sie sollten es wirklich einmal mit Lakritze versuchen. Selma Morgentau schwört darauf.«
Antonella winkte und marschierte los.
»Moment, junge Dame«, rief Herr Semmelweiß und lief Antonella hinterher. »Mit diesem Herrn, äh, Ölöfrö, muss ich sofort ein ernstes Wörtchen reden.«
Namen waren noch nie seine Stärke gewesen.

4. Kapitel

»Sie haben *was*?«

Herr Semmelweiß starrte Herrn Olafson an, als hätte er sich vor seinen Augen in einen Kühlschrank verwandelt.

»Vergessen«, wiederholte Herr Olafson. »Ich habe einfach vergessen, Antonella in die Schule zu schicken. Aber lesen und schreiben kann sie. Und für fremde Länder interessiert sie sich auch.« Herr Olafson warf Antonella einen stolzen Blick zu.

Der Schulleiter holte tief Luft. »Das ist ja alles schön und gut. Aber ein Kind muss nun einmal eine solide Schulbildung haben. Arrabiata soll bitte morgen um acht Uhr in der Anton-Schimmelpfennig-Schule erscheinen. Pünktlich!«

Arrabiata? Antonella kicherte. Der Schulleiter warf ihr einen strengen Blick zu.

Herr Olafson nippte an seiner Teetasse und dachte nach. Natürlich war es ihm unangenehm, dass er vergessen hatte, Antonella in die Schule zu schicken. Andererseits fand er die Aufregung des Schulleiters übertrieben. Das sagte er aber nicht laut.

»Ich fürchte, das geht nicht«, sagte Antonella bestimmt.

»Herr Olafson und ich wollen nämlich morgen verreisen. Nach Italien.«

»So? Dann wirst du deine Reise eben verschieben müssen.«

»Ich habe eine viel bessere Idee«, antwortete Antonella. »Wir verschieben die Schule.«

»Was wird denn hier ...« – »... hin- und hergeschoben?«

Selma und Friedegunde Morgentau steckten die Köpfe durch die Küchentür.

»So ein hübscher Mann«, rief Friedegunde und zwinkerte Herrn Semmelweiß zu.

»Unsere Nichte ist zu Besuch«, sagte Selma und deutete auf die fremde Dame neben ihr. Sie trug ein schickes blaugraues Kostüm mit schwarzen Knöpfen und einen Hut, der aussah wie ein umgedrehter Blumentopf.

»Das ist unsere Hilda.«

»Guten Tag«, sagte Hilda und lächelte.

Ihre Augen waren groß und blau und blitzten streng. Doch wenn sie lächelte, erschienen in ihren Wangen zwei kleine Grübchen, die jegliche Strenge sofort vertrieben. Antonella mochte sie sofort.

»Das ist aber eine Überraschung«, sagte Herr Olafson erfreut. Er kannte Hilda, seit sie in Antonellas Alter war.

Allerdings hatte er sie sehr lange nicht mehr gesehen. Aus der kleinen, dünnen Hilda mit den Rattenschwänzen war eine richtige Dame geworden. Er wünschte, seine Frau Leopoldine wäre hier und könnte sie sehen.

»Ähem«, räusperte sich der Schulleiter, um die Aufmerksamkeit wieder auf sich zu lenken.

»Antonella muss ab morgen in die Schule«, sagte Herr Olafson. »Es sieht so aus, als könnten wir nicht auf Reisen gehen.«

»Nicht?«, rief Friedegunde. »Aber wir haben schon ...« – »... den Reiseproviant vorbereitet«, beendete Selma den Satz.

Herr Semmelweiß unterdrückte ein Aufstoßen. »Ein Kind braucht eine solide Schulbildung«, wiederholte er.

»Da haben Sie völlig recht«, schaltete sich Hilda ein.

Herr Semmelweiß nickte ihr zu. Endlich einmal jemand, mit dem er nicht diskutieren musste.

»Andererseits:«, fuhr Hilda fort, »Reisen bildet auch.« Jetzt nickte Herr Olafson zustimmend.

»Schule geht vor«, sagte der Schulleiter verärgert. »Beides gleichzeitig geht nun einmal nicht.«

»Na, so ein Zufall aber auch ... unsere Hilda ist Lehrerin«, riefen die beiden Morgentau-Schwestern und klatschten sich gegenseitig ab.

»Und ich reise sehr gerne«, sagte Hilda. Der Schulleiter stöhnte. Diese merkwürdigen Menschen machten ihn ganz verrückt.

»Wirklich?«, rief Antonella fröhlich. »Dann haben wir das Problem ja schwuppdiwupp gelöst. Wir nehmen Hilda einfach mit.«

»*Fräulein* Hilda«, sagte Hilda. »Eine Lehrerin duzt man nicht.«

»Würden Sie denn mit uns reisen, Fräulein Hilda?«, fragte Herr Olafson.

Fräulein Hilda lächelte. »Es wäre doch einen Versuch wert, was meinen Sie?«

»Ja«, sagte Herr Olafson erfreut. »Das wäre in der Tat einen Versuch wert.«

»Moment, so einfach geht das aber nicht«, warf Herr Semmelweiß ein, aber seine Stimme klang bereits sehr schwach.

»Nun machen Sie doch aus ...« – »... einer Mücke keinen Elefanten, junger Mann«, sagten die beiden Morgentaus.

»Das Leben ist in den meisten Fällen viel einfacher, als man denkt. Und nun kommen Sie. Im Kino läuft *Vom Winde verweht.* Ein herrlicher Film, den müssen Sie gesehen haben!«

Die beiden hakten sich links und rechts bei dem verdutzten Schulleiter unter und marschierten pfeifend davon.

5. Kapitel

Am Morgen der Abreise war Antonella so aufgeregt, dass sie
... ihr Reisekleid mit einer Hose verwechselte und versuchte, mit den Beinen in die Ärmel zu steigen,
... vergaß, den Teebeutel in die Tasse zu tun, sodass sie nur heißes Wasser trank,
... und 24mal innerhalb einer halben Stunde aufs Klo musste.
Herr Olafson war nicht weniger aufgeregt, bemühte sich aber, es sich nicht anmerken zu lassen. Trotzdem schmierte er sich versehentlich Zahnpasta statt Rasierschaum ins Gesicht.
Beide waren froh, als das Taxi vor der Tür stand, das sie zum Bahnhof bringen sollte. Die Morgentau-Schwestern, Herbert und Fräulein Hilda saßen schon drin.
»Ich glaube, ich muss mich an das Verreisen noch gewöhnen«, seufzte Antonella. »Ich bin so aufgeregt wie ein Regenwurm vor einem Wolkenbruch.«
»Mach dir nichts draus«, beruhigte sie Selma Morgentau. »Als Herr Olafson das erste Mal auf Reisen ging, ist er vor lauter Aufregung glatt ins falsche Land gereist.«

»Statt in Arabien landete er in Australien«, erklärte Friedegunde. Die beiden Morgentaus lachten herzhaft.
»Das sind doch olle Kamellen«, sagte Herr Olafson und wurde rot.

Als sie den Bahnhof erreichten, war ihr Zug noch nicht da. Laut Abfahrtsplan sollte er in wenigen Minuten auf Gleis drei einfahren.
»Wir fahren bis Roma Termini, dem Hauptbahnhof von Rom«, erklärte Herr Olafson. »Da müssen wir umsteigen in den Bus nach Santa Polenta. Dort müssen wir dann nur noch ein kurzes Stück zu Fuß gehen ins Hotel Grandissimo, wo uns mein alter Freund Camillo Trullo erwartet.«
Santa Polenta war ein kleiner Badeort direkt am Meer. Dort betrieb Signor Trullo das Hotel Grandissimo, ein sehr altes und ehrwürdiges Hotel. Signor Trullo hatte es von seinem Vater geerbt und der wiederum von seinem Vater.

»Der Zug kommt, wir müssen uns verabschieden«, rief Fräulein Hilda energisch, als der Zug auf Gleis drei zum Stehen kam.
»Passt auf euch auf.« Selma Morgentau wischte sich eine Träne aus dem Augenwinkel. Abschiede konnte sie überhaupt nicht leiden.

»Vergesst euren Proviantkorb nicht«, sagte Friedegunde und umarmte Antonella, Fräulein Hilda und Herrn Olafson der Reihe nach.

Sie drückte Fräulein Hilda einen großen Korb voller belegter Brote und anderer Köstlichkeiten in die Hand.

»Wuff, wuff«, bellte Herbert und leckte Antonella über das Gesicht.

»Ich werde euch Briefe schreiben«, versprach Antonella und ihr Herz wurde auf einmal so schwer wie ein Sack Reis.

»Und wir werden uns ...« – »... um das Abstauben der Teekannensammlung kümmern«, erwiderten die Morgentau-Schwestern.

»Einsteigen«, rief der Schaffner.

6. Kapitel

Antonella drückte ihre Nase an das Zugfenster und betrachtete die vorbeisausende Landschaft.
»Sandwiches gefällig?«, fragte Fräulein Hilda und packte die belegten Brote der Morgentaus aus.
»Es ist wirklich komisch, vorhin hätte ich keinen Bissen heruntergebracht«, überlegte Antonella. »Aber jetzt, wo ich im Zug sitze, habe ich einen Bärenhunger. Das muss die berühmte Zugluft sein.«

»Spielen Sie immer noch Mikado?«, fragte Herr Olafson und blickte Fräulein Hilda erwartungsvoll an.

»Ausgesprochen gern sogar. Vor ein paar Jahren habe ich sogar einmal bei einer Mikadomeisterschaft mitgemacht. Ich kam immerhin ins Halbfinale«, antwortete Fräulein Hilda und ihre Stimme klang ein bisschen stolz. Sie ist wirklich sehr, sehr nett, dachte Antonella und biss glücklich in ihr Käsebrot.

Eine Weile schaute sie Herrn Olafson und Fräulein Hilda beim Mikadospielen zu, dann beschloss sie, sich ein wenig im Zug umzusehen.

Ein Junge erregte ihre Aufmerksamkeit. Er war etwa in ihrem Alter und saß allein in einem Abteil. Er trug einen dunkelblauen Anzug, Gummihandschuhe und ein merkwürdiges weißes Ding vor dem Mund, das mit einem Gummiband um die Ohren befestigt war. Sein Gesicht war blass und er sah sehr müde aus.

Antonella öffnete die Abteiltür und trat ein.

»Hallo«, sagte sie fröhlich. »Was ist dieses komische Ding da vor deinem Mund?«

»Das ist ein Mundschutz«, antwortete der Junge, und seine Stimme klang, als würde er in einen Topf sprechen. »Wegen der Keime.«

Antonella blickte sich um. »Welche Kerne?«, fragte sie erstaunt. »Ich sehe keine.«

»Keime«, wiederholte der Junge. »Die sieht man nicht. Aber sie sind überall.«

»Oh, so wie dumme Menschen«, lachte Antonella. »Die sind auch überall, das sagt Herr Olafson immer. Fährst du ganz allein mit dem Zug?«

Der Junge schüttelte den Kopf. »Mit meiner Mutter. Sie heißt Lady Winterbottom und ist gerade unterwegs.«

Antonella nickte. »Ich bin auch gerade unterwegs. Herr Olafson und Fräulein Hilda sitzen im Abteil und spielen Mikado.« Sie reichte dem Jungen die Hand. »Ich bin übrigens Antonella.«

Der Junge streckte ihr zögerlich seine Gummihandschuhhand entgegen. »Ich bin Donald. Was ist Mikado?«

»Ein Spiel mit Holzstäbchen«, erklärte Antonella. »Man braucht eine sehr ruhige Hand. Besonders wenn man beim Spielen in einem fahrenden Zug sitzt.«

In diesem Moment ging die Abteiltür auf und eine stattliche Dame in einem hellblauen, gerüschten Sommerkleid kam herein. Ihre dunkelbraunen Haare waren zu einem imposanten Dutt aufgetürmt. Das ist wohl Lady Winterbottom, dachte Antonella. Doch bevor sie etwas sagen konnte, zog die Lady eine Sprühflasche aus ihrer Handtasche, mit der sie die überraschte Antonella pschscht, pschscht! von oben bis unten einsprühte.

»Guten Tag«, hustete Antonella. »Das ist aber ein sehr herbes Parfüm.«

»This is kein Parfüm, this is Desinfektionsmittel.« Lady Winterbottom funkelte Antonella ärgerlich an. Dann verstaute sie die Sprühflasche wieder in ihrer Tasche. »Donalds Immunsystem ist sehr schwach. Schon die winzigsten Keime und Bakterien setzen ihm zu. Das hat er von seinem Vater, Gott hab ihn selig.«

Zu Donald gewandt sagte sie besorgt: »My Darling, ich habe dir doch gesagt, du sollst niemanden in das Abteil lassen. Du weißt doch, wie gefährlich das für dich ist.«
Donald nickte müde und starrte aus dem Fenster.

»Oh, Donald hat mich nicht hereingelassen. Ich bin ganz von allein reingekommen«, sagte Antonella.
»Hm«, machte Lady Winterbottom und warf Antonella einen skeptischen Blick zu.
»Jedenfalls hoffe ich, dass du ihn nicht mit irgendetwas angesteckt hast. Als er das letzte Mal angesteckt wurde, musste er vier Monate das Bett hüten.«
»Vier Monate – du heiliges Kanonenrohr!«, rief Antonella. Sie erinnerte sich, als sie einmal drei Wochen mit Masern im Bett liegen musste. Sie hatte sich entsetzlich gelangweilt. Antonella war sehr froh, dass ihr Immunsystem in bester Ordnung war. Jedenfalls konnte sie sich nicht daran erinnern, jemals größere Probleme mit Keimen und Bakterien gehabt zu haben.
»Ich glaube, du solltest jetzt besser gehen, Kind«, sagte Lady Winterbottom. »Donald braucht viel Ruhe.«
Antonella nickte. »Auf Wiedersehen, Lady Winterbottom. Auf Wiedersehen, Donald. Ich hoffe, dein Immunsystem wird bald gesund.«

Antonella zog die Abteiltür hinter sich zu und ging zurück zu ihrem eigenen Abteil. Herr Olafson und Fräulein Hilda tranken ein Tässchen Tee und Fräulein Hilda erzählte von ihrer Arbeit als Lehrerin an einer englischen Schule. Antonella setzte sich auf ihren Platz und dachte nach. Dann schrieb sie in ihr Tagebuch: »Ein gutes Immunsystem ist Gold wert.«

Der Proviantkorb war bis auf den letzten Krümel leergegessen, als der Zug am späten Nachmittag in Roma Termini ankam.

»Beeilung«, rief Herr Olafson und packte die Koffer und Taschen zusammen. »Der Bus nach Santa Polenta fährt in fünfzehn Minuten.«

»Mach's gut, Donald«, rief Antonella und winkte, als sie Donald mit Lady Winterbottom aus dem Zug aussteigen sah. Doch die beiden verschwanden sofort in einem Taxi, das sie offensichtlich erwartete. Antonella nahm ihre Reisetasche und lief Herrn Olafson und Fräulein Hilda hinterher.

7. Kapitel

Es war schon dunkel, als die drei in Santa Polenta ankamen.
Herr Olafson sah sich um. Er musste sich erst orientieren. Im Dunkeln sahen Städte immer anders aus als am Tag. Außerdem war er schon lange nicht mehr hier gewesen.
»Es riecht nach Hering in Salzlake«, stellte Antonella fest und schnupperte.
»Das ist das Meer«, seufzte Fräulein Hilda verträumt. Sie liebte das Meer und den salzigen Geruch.
»Hier geht's lang«, sagte Herr Olafson und marschierte los.
Das Hotel Grandissimo lag direkt am Strand und sah aus wie eine riesengroße, dreistöckige Sahnetorte. Zur Zeit der großen Hollywood-Ära hatten hier berühmte Schauspieler wie Clark Gable, Greta Garbo oder Errol Flynn übernachtet. Sie liebten das Hotel. Manchmal kamen sie sogar nur nach Italien, um ein paar Nächte im Grandissimo zu verbringen. Zu dieser Zeit war das Grandissimo genauso bekannt wie die Freiheitsstatue in Amerika. Alle Welt wollte in dem berühmten Hotel übernachten. Und wenn das nicht ging, weil das Hotel fast immer ausgebucht war, wollten sie

wenigstens einen Blick in das Frühstückszimmer werfen, in dem ein lebensgroßer Elefant aus blauem Marzipan stand.

Als das alte Hollywood unterging, wurde es ruhiger um das Grandissimo. Mit den Jahren verlor das berühmte Hotel etwas von seinem alten Glanz, weniger Gäste kamen. Nach und nach bröckelte an vielen Stellen des Hauses der Putz ab, die Statuen an der Hotelauffahrt hatten keine Köpfe mehr und der rote Samtbaldachin über dem Eingang sah aus, als hätte sich eine Kompanie Mäuse daran satt gegessen. Doch trotz allem wirkte das Hotel Grandissimo immer noch sehr elegant.
Als Herr Olafson vor dem mächtigen Eingang des Hotels stand, überkam ihn ein merkwürdiges Gefühl. Er war glücklich und traurig zugleich. Glücklich, weil er endlich seinen alten Freund Trullo wiedersehen würde. Und traurig, weil ihn der Anblick des Hotels an seine verstorbene Frau Leopoldine erinnerte. Hier hatte er etliche wunderbare und erholsame Urlaube mit ihr verbracht. Seine Augen bekamen einen feuchten Schimmer. Fräulein Hilda lächelte ihm aufmunternd zu. Herr Olafson war froh, nicht allein hier zu sein. »Gehen wir hinein«, sagte er.
Im großen Foyer des Hotels erklang leise Klaviermusik. An

der Rezeption saß eine ältere Dame mit grauen Haaren und Pagenschnitt und einer riesigen Brille. Freundlich lächelte sie den Neuankömmlingen zu. Auf ihrer Bluse trug sie ein Namensschild, auf dem SIGNORA MARIA stand.

»Wo bitte finde ich ...«, fragte Herr Olafson, doch weiter kam er nicht.

»Olaf? Signor Olaf Olafson? Sind Sie es wirklich?«, ertönte eine aufgeregte Stimme.

Alle drehten sich um und sahen einen kleinen, rundlichen Mann mit freundlichem Gesicht und einer Glatze, die von einem dünnen schwarzen Haarkranz umrandet war, auf sie zulaufen. Er trug schwarze Hosen, ein weißes Hemd, darüber ein Pepitasakko und eine rote Fliege und wirkte darin genauso altmodisch-elegant wie das Grandissimo. Signor Camillo Trullo, der Hotelbesitzer.

»Was für eine Freude, Sie endlich wieder einmal zu sehen, alter Freund!«

»Die Freude ist ganz meinerseits, mein lieber Camillo!«
Die beiden Männer umarmten sich herzlich.
»Ich habe so oft an Sie gedacht. Wie geht es Ihnen? Sie sehen fantastisch aus!« Signor Trullo umarmte Herrn Olafson gleich noch einmal.
Herr Olafson nickte. »Es geht mir auch sehr gut. Das ist übrigens Antonella. Eine längere Geschichte, die ich Ihnen noch erzählen werde. Und das ist Fräulein Hilda, Antonellas Lehrerin. Die Nichte von Selma und Friedegunde Morgentau.«
Signor Trullo nickte lachend. »Aber natürlich, die beiden Morgentaus, wie könnte ich die vergessen! Das eine Mal, als die beiden mit Ihnen und Ihrer lieben Frau hier waren, wird mir in ständiger Erinnerung bleiben. Jeden Abend sangen die Hotelgäste zum Schifferklavier und seit dem Besuch der beiden bieten wir täglich Lakritztee zum Frühstück an. Ich muss sogar gestehen, dass meine Lieblingsleckerei seither Lakritzstangen sind.« Er zog eine aus seinem Sakko hervor und schob sie sich in den Mund.
»Stimmt es, dass in Ihrem Hotel ein blauer Marzipanelefant steht, Signor Trullo?«, fragte Antonella gespannt.
»Aber selbstverständlich. Folge mir. Er sieht täuschend echt aus, du wirst sehen. Dieser Elefant war ein Geschenk des berühmten David O. Selznick an meinen Vater. Kennst

du David O. Selznick? Er war einer der größten und berühmtesten Filmproduzenten Hollywoods. Jedes Jahr war er hier im Grandissimo und bereitete seine Filmprojekte vor. *Vom Winde verweht* zum Beispiel, ein herrlicher Film, ein Meisterwerk! Man muss ihn einfach gesehen haben. Was wolltest du sehen ... ach ja richtig, den Marzipanelefanten, hier entlang.«

Antonella wurde es beim Zuhören ganz schwummrig, aber sie mochte Signor Trullo auf Anhieb.

Der blaue Marzipanelefant wirkte sehr majestätisch, wie er mit erhobenem Rüssel in der Ecke des Frühstückszimmers stand. An manchen Stellen entdeckte Antonella kleine Bissspuren. Offensichtlich hatte der ein oder andere Hotelgast der Versuchung nicht widerstehen können, den Elefanten anzuknabbern.

Antonella war sehr beeindruckt, konnte aber trotzdem ein Gähnen nicht unterdrücken. Die Reise war doch sehr lang gewesen und es war schon spät.

Signor Trullo schlug die Hände zusammen.

»Wie unhöflich von mir. Sie müssen natürlich schrecklich müde sein nach der langen Reise. Ich zeige Ihnen die Suite, die für Sie vorbereitet wurde. Schlafen Sie sich erst einmal aus und morgen sehen wir weiter.«

Herr Olafson legte seinem alten Freund die Hand auf die

Schulter. »Vielen Dank, Camillo«, sagte er. »Es ist sehr schön, wieder hier zu sein.«
Signor Trullo nickte gerührt und führte Herrn Olafson, Fräulein Hilda und Antonella über eine breite, geschwungene Marmortreppe hinauf ins Obergeschoss.
»Hier oben ist es sehr ruhig. Wie tief unten auf dem Meeresboden«, sagte Signor Trullo, als er die mächtige Doppeltür zur Suite aufschloss. »Die Meeressuite war das Lieblingszimmer von Greta Garbo.« Er seufzte und murmelte leise: »Die Zeiten haben sich sehr geändert.«
»Wie bitte?«, fragte Fräulein Hilda.
»Nichts«, antwortete der Hotelbesitzer rasch und lächelte. »Treten Sie nur ein. Es ist alles vorbereitet.«

Die Suite war riesig. Das große Wohnzimmer und die drei angrenzenden Schlafzimmer waren ganz in meerblau ausgestattet. Antonella fühlte sich auf einmal wie ein Fisch im Wasser.
Doch trotz der Größe der Suite und der edlen Einrichtung wirkte auch hier alles ein wenig heruntergekommen.
Die Samtvorhänge sackten an ihren Schienen durch, die Satinbettwäsche war fadenscheinig, ebenso die Sessel und das Sofa, bei dem an den Ecken schon die Füllung herausquoll. Der Seidenteppich war fleckig und hatte Löcher.

»Es ist herrlich«, rief Antonella begeistert und hüpfte auf das Sofa, das verdächtig knackte. »Sehr gemütlich. Ich wette, ich werde so gut schlafen wie ein Kuckuck in seiner Uhr.«

8. Kapitel

Als Signor Trullo im Foyer ankam, winkte ihn Signora Maria zu sich an die Rezeption. Ihr Gesicht war ernst.

»Es hat wieder einer abgesagt«, flüsterte sie. »Der Fünfte in einer Woche. Und das im Sommer.«

Signor Trullo seufzte. Auf einmal wirkte er sehr müde.

»Was sollen wir nur machen, Maria?«, murmelte er. »Die Zeiten haben sich geändert. Sehr geändert.«

9. Kapitel

Am nächsten Morgen wurden die drei Reisenden in aller Früh von einem furchtbaren Lärm geweckt. Es brummte und knatterte so laut, dass sogar die Betten vibrierten und der Wasserhahn ganz von allein anfing zu tropfen.
»Ist das etwa das Meeresrauschen?«, rief Antonella und sprang aus dem Bett.
»Klingt eher nach einem Einfall von Riesenwanderkrebsen«, brummte Herr Olafson. »Die machen einen ähnlichen Krach.« Er musste einmal als Journalist für Ausgefallenes einen Artikel über die jährliche Wanderung der Riesenwanderkrebse in Südwesttonga schreiben. Drei Tage und Nächte hatte er kein Auge zugetan wegen der unglaublich lauten Geräusche, die sie gemacht hatten.
»Ich sehe aber weit und breit keine Riesenwanderkrebse«, sagte Fräulein Hilda, die mittlerweile am Fenster stand.
»Ein Flugzeug«, rief Antonella aufgeregt und deutete in den strahlend blauen Himmel.
Herr Olafson und Fräulein Hilda blickten nach oben: Ein kleines, silbernes Flugzeug mit knallbunt bemalten Flügeln knatterte auf sie zu. Es zog eine dottergelbe Fahne wie einen Schwanz hinter sich her, auf der in erdbeerfarbener

DAS MEGAEVENT HEUTE ABEND IM COSMOPOLITO.
WER ES VERPAST IST SELBER SCHULD!

Schrift etwas geschrieben stand. Das Flugzeug sah aus, als würde es direkt auf das Grandissimo zurasen. Doch kurz bevor es das Hotel erreichte, machte es einen eleganten Looping und drehte ab. Antonella sah den Piloten hinter der Glasscheibe, der ihnen fröhlich zuwinkte. Sie winkte zurück.

»DAS MEGAEVENT HEUTE ABEND IM COSMOPOLITO. WER ES VERPAST IST SELBER SCHULD!«, las Fräulein Hilda die erdbeerfarbene Schrift auf dem Flugzeugschwanz. »Verpasst schreibt man mit zwei s«, sagte sie und legte die Stirn in Falten. »Das erinnert mich daran, dass heute unser Unterricht beginnt, Antonella. Gleich nach dem Frühstück.«

»Was ist denn das Cosmopolito?«, fragte Antonella neugierig.

»Wenn es genauso laut ist wie die Werbung dafür, will ich es gar nicht wissen«, knurrte Herr Olafson.

»Wir sollten erst einmal hinuntergehen und frühstücken«, schlug Fräulein Hilda vor. »Mit einem guten Frühstück im Magen lässt sich auch der größte Krach besser ertragen.«

In dem Frühstückszimmer mit den großen Fenstern und dem blauen Marzipanelefanten saßen nur wenige Gäste. Sie lasen die Zeitung, knabberten an ihren Toastscheiben oder löffelten ihr Müsli.

»Früher war hier viel mehr los«, stellte Herr Olafson fest. »Das Frühstück war das beste an der gesamten Küste.«

»Das ist es immer noch«, kam eine wohlklingende Stimme hinter einer Zeitung hervor. »Darauf können Sie wetten.«

Die Zeitung sank nach unten und das stark geschminkte Gesicht einer älteren Dame mit blonden Locken und auffälligen, hellblauen Ohrringen kam zum Vorschein. Um den Kopf trug sie ein dazu passendes hellblaues Samtband, das ihre Lockenpracht bändigte.

Herrn Olafson erinnerte sie ein wenig an einen Weihnachtsbaum, aber irgendwie auch an ein Bild auf einer Schallplatte. Ihm fiel nur nicht ein, welche Schallplatte es war.

»Nehmen Sie das hier zum Beispiel.« Die geschminkte Dame nahm einen Schluck aus einem dampfenden Glas mit grünem Inhalt. »Heißer Spinatsaft«, sagte sie. »In welchem Hotel kriegt man den denn noch, ohne dass einen der Kellner ansieht, als sei man meschugge? Für meine Stimmbänder ist er aber nun mal das Beste. Oh, entschuldigen Sie, ich habe mich noch gar nicht vorgestellt: Lucia di Lammermoor.«
Jetzt fiel es Herrn Olafson wieder ein, woher er die Dame kannte. »Lucia di Lammermoor? Die berühmte Operndiva? Meine verstorbene Frau hat Sie sehr verehrt. Singen Sie noch?«
Die Operndiva schüttelte den Kopf. »Ich habe mich aus der Öffentlichkeit zurückgezogen. Das Grandissimo ist zu meiner zweiten Heimat geworden. Hier verbringe ich viel Zeit. Leider in letzter Zeit nicht immer ungestört.« Sie schüttelte den Kopf, dass die Ohrringe klirrten. »Haben Sie den Lärm heute Morgen gehört? Dieser schreckliche Antonio Gorgonzola.«

Gorgonzola? Antonella horchte auf. Ein Mann, der wie ein Stück Käse hieß, interessierte sie. »War er es heute Morgen in dem Flugzeug?« 
Lucia di Lammermoor nickte. »Gewissermaßen. Das war ein Werbeflug für sein neues Hotel. Das Cosmopolito. Haben Sie diese furchtbare dottergelbe Fahne gesehen? Was für eine Geschmacklosigkeit!«

Fräulein Hilda nickte. Obwohl sie die Farbe weniger schrecklich fand als den Rechtschreibfehler.

»Er ist eine Pest«, knurrte ein Mann in dunkelgrüner Strickjacke vom Nebentisch und biss mit angewidertem Gesichtausdruck in sein Marmeladenbrötchen. »Einer von diesen neureichen, neunmalklugen Nimmersatts, die glauben, ihnen gehört die ganze Welt.«

»Gestatten, Adele und Friedrich Honigbart«, schaltete sich die Dame neben ihm ein, deren Kopf mit winzigen grauen Löckchen bedeckt war. Sie lächelte.

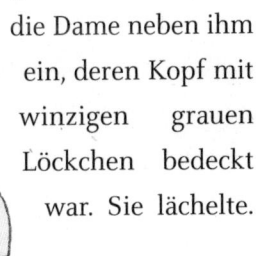

»Mein Mann ist immer sehr direkt, müssen Sie wissen, aber was er sagt, trifft in der Regel den Punkt. Gorgonzola kauft alles auf, was nicht niet- und nagelfest ist. Halb Santa Polenta gehört ihm. Natürlich, was dieser Gorgonzola macht, ist schon beeindruckend. Seine Partys sind weit über Santa Polenta hinaus bekannt; haben Sie von seinem Goldenen Fest gehört? Er scheut wirklich keine Kosten...«

Herr Honigbart warf seiner Frau einen bösen Blick zu und sie verstummte.

»Adele, ich gehe jetzt an den Strand und genieße die Ruhe vor der nächsten Gorgonzola-Attacke.«

»Auf Wiedersehen allerseits«, verabschiedete sich Adele Honigbart und tippelte mit wippenden Löckchen ihrem Gatten hinterher.

»Dieser Gorgonzola ist nicht besonders beliebt«, stellte Herr Olafson fest.

»Zumindest nicht bei den Grandissimo-Gästen«, bekräftigte Fräulein Hilda und fügte mit einem strengen Blick hinzu: »Und jetzt wird endlich gefrühstückt, damit wir unseren Unterricht beginnen können.«

10. Kapitel

Fräulein Hilda war Lehrerin mit Leib und Seele. Sie unterrichtete für ihr Leben gerne und fand, dass es nichts Schöneres gab, als ihre Schüler für die erstaunlichen Dinge zu begeistern, die es in der Welt zu lernen und zu entdecken gab.

»Regel Nummer eins: Dumme Fragen gibt es nicht«, schärfte sie Antonella ein. »Nur wer fragt, findet auch Antworten. Regel Nummer zwei: Nicht alles, was auf der Welt passiert, ist interessant. Aber das Meiste. Gibt es etwas, was dich besonders interessiert?«

Antonella dachte nach. »Ich möchte etwas über Italien lernen«, sagte sie schließlich.

»Eine hervorragende Idee«, stimmte Fräulein Hilda zu.

An diesem Vormittag lernte Antonella, dass Italien aussah wie ein Winterstiefel mit Absatz und dass Rom die Hauptstadt des Landes war. Sie lernte, dass der Sage nach der Gründer dieser Stadt ein Junge war, der Romulus hieß und zusammen mit seinem Bruder Remus von einer Wölfin großgezogen worden war.

Antonella lernte außerdem ein paar wichtige italienische

Worte, wie *Buon giorno, Buona sera, Arrivederci* und *Grazie*. Und sie erfuhr, dass die Pizza in der italienischen Stadt Neapel erfunden wurde.

Nach dem Unterricht gingen Antonella und Fräulein Hilda an den Strand. Herr Olafson lag bereits auf einer Liege unter einem Sonnenschirm und las ein Buch über die Teekannen berühmter Könige und Herrscher. Neben sich hatte er eine Kanne gekühlten Earl Grey Tee stehen.
»Herrlich«, sagte er, »das Meer.«

Antonella zog die Schuhe aus und steckte die Füße tief in den warmen Sand.
Fräulein Hilda seufzte, schloss die Augen und atmete tief durch.
So könnte es immer sein, dachten alle drei.

Während Fräulein Hilda und Herr Olafson ihren ersten Tag in Italien mit Lesen, Mikadospielen und Teetrinken verbrachten, erkundete Antonella den Strand.
Sie sammelte Muscheln und verzierte damit ihre Sandburg.
Sie setzte sich ins Meer und ließ sich von den Wellen umspülen.
Und sie half einem kleinen Krebs, der auf dem Rücken lag und verzweifelt versuchte, wieder auf die Beine zu kommen.

»Du bist ja ein sehr tierliebes Kind«, sagte eine Stimme über ihr.
Antonella blickte auf. Vor ihr stand eine schlanke, braungebrannte Dame mit großer Sonnenbrille und goldenem Badeanzug. Auf dem

Arm hielt sie einen kleinen Hund, der ein glitzerndes Halsband trug.

»Guten Tag«, sagte Antonella. »Ich weiß nicht, ob ich tierlieb bin. Ich habe mir nur gedacht, dass ich sicher auch nicht gerne in der prallen Sonne auf dem Rücken liegen würde.«

»Da hast du sicher recht«, stimmte die braungebrannte Dame zu. »Marvin hätte das sicher auch nicht gerne. Nicht wahr, Marvin?« Sie drückte ihrem kleinen Hund einen Kuss auf den Kopf.

»Mein Name ist Miss Frenzy. Ich bin Schauspielerin.«

»Oh, wie aufregend! Mein Name ist Antonella. Ich habe noch nie eine Schauspielerin kennen gelernt. In welchen Filmen haben Sie denn mitgespielt?«

»Oh, in vielen. Meine besten Rollen sind die, in denen ich große Gefühle zeigen muss. Hemmungsloses Weinen, Wutausbrüche, tiefste Verzweiflung, hingebungsvolle Liebe. Dramatik, das ist mein Metier. Da kann ich mein Bestes geben.« Sie warf Antonella einen prüfenden Blick zu. »Und du? Worin kannst du dein Bestes geben?«

Antonella überlegte. »Also, ich denke, ich bin eher der fröhliche Typ.«

»Auch gut«, sagte Miss Frenzy. »Man muss die Rollen spielen, für die man geboren ist. Wo sind deine Eltern? Wohnt ihr auch im Grandissimo? Oder in diesem entsetzlichen Cosmopolito?«

Schon wieder das Cosmopolito, dachte Antonella.

»Ich wohne mit Herrn Olafson und Fräulein Hilda im Grandissimo. Herr Olafson ist ein alter Freund von Signor Trullo. Die beiden haben sich im Indischen Ozean auf einem Segelboot kennen gelernt.«

Marvin bellte. Miss Frenzy kraulte ihn hinter den Ohren.

»Im Indischen Ozean? Wie aufregend. Signor Trullo ist ein wunderbarer Mann. So vornehm und manierlich. Ich muss jetzt leider gehen. Marvin hat Hunger. Bis nachher beim Abendessen, Antonella.« Miss Frenzy winkte Antonella zu und ging.

11. Kapitel

»Ein Schnellrestaurant?«, fragte der Anwalt und zog eine Augenbraue hoch. Er hieß Luigi Caprese und war der Einzige, der Gorgonzolas Launen ertrug.

»Ja, ein Schnellrestaurant«, antwortete Antonio Gorgonzola und tappte ungeduldig mit dem Zeigefinger auf den Schreibtisch. »Santa Polenta muss mit der Zeit gehen. Ich habe große Pläne. Der Urlaubsort der Zukunft und so. Verstehen Sie? Wenn nicht, auch egal. Sie müssen nur das tun, was ich Ihnen sage. Und ich sage Ihnen: Besorgen Sie mir eine Baugenehmigung.«

Luigi Caprese zuckte mit den Schultern. »Nichts leichter als das. Der Bürgermeister und ich sind Freunde. Ihr Plan wird ihm gefallen, dafür kann ich sorgen. Allerdings hat die Sache einen Haken.«

»So, welchen denn?«, fragte Antonio Gorgonzola kampfeslustig. Er konnte es gar nicht leiden, wenn seine Ideen und Pläne nicht sofortige und uneingeschränkte Begeisterung hervorriefen.

»Dort, wo Sie das Schnellrestaurant hinbauen wollen, steht das Grandissimo.«

Antonio Gorgonzola machte eine wegwerfende Handbewegung. »Und? Wer sagt, dass es dort stehen bleiben wird? Dieser alte Kasten ist sowieso längst überfällig.«

»Signor Trullo wird das Hotel niemals verkaufen«, warf der Anwalt ein.

»Pfft«, machte Gorgonzola. »Das lassen Sie mal schön meine Sorge sein. Das Grandissimo wird bald keine Gäste mehr haben. Dafür sorge ich. Trullo wird verkaufen. Und jetzt Abmarsch.«

Gorgonzola setzte sich an seinen Schreibtisch und schlug die Beine übereinander. Bis jetzt gehörten ihm in Santa Polenta das Cosmopolito, ein Spielcasino und drei Eisdielen. Außerdem eine Strandbar, ein Meeresrestaurant in Form einer Muschel und die einzige Lizenz zur Vergabe von Strandliegen. Ein Schnellrestaurant passte wunderbar in sein Konzept. Dass er da nicht schon früher drauf gekommen war! Bald würde ganz Santa Polenta ihm gehören. Bei dem Gedanken wurde ihm warm ums Herz. Er könnte es umbenennen. In Santa Gorgonzola. Seine Stadt. Gorgonzola seufzte tief und kümmerte sich um seine Post. Er fand es nicht immer leicht, ein Genie zu sein.

12. Kapitel

Im Speisesaal des Grandissimo erwartete Antonella eine Überraschung.

»Na so was. Da sitzt ja Lady Winterbottom, meine Reisebekanntschaft«, rief sie und lief auf die Lady zu, deren Dutt noch größer war, als Antonella ihn in Erinnerung hatte. »Ich hatte noch nie eine Reisebekanntschaft. Können wir uns zu Ihnen setzen?«

Lady Winterbottom warf Antonella einen fragenden Blick zu. Sie wusste im ersten Moment nicht, was sie mit diesem vorlauten Mädchen anfangen sollte.

»Wir haben uns im Zug kennen gelernt«, half Antonella nach.

Lady Winterbottom zupfte missmutig an ihrem Dutt, dann fiel ihr Blick auf die beiden Erwachsenen, die hinter Antonella standen: Sie nickte majestätisch. Ein wenig Unterhaltung am Tisch konnte nicht schaden. Herr Olafson und Fräulein Hilda stellten sich vor. Lady Winterbottom seufzte.

»Es tut so gut, wieder im Grandissimo zu sein. Donald, mein Sohn, und ich haben noch eine Bekannte in Rom besucht. Eine anstrengende Frau.« Lady Winterbottom fächelte sich mit ihrem Taschentuch Luft zu.

»Wo ist Donald?«, erkundigte sich Antonella und blickte sich suchend um.
»Oh, er bekommt sein Abendbrot in seinem Zimmer. Hier unten ist es zu gefährlich für ihn. Diese schrecklichen Keime.« Sie wedelte so energisch mit ihrer rechten Hand, dass Herr Olafson das Gefühl hatte, ein riesiger Keimschwarm wäre soeben an ihrem Tisch gelandet.
»Darf ich ihn in seinem Zimmer besuchen? Ich kann mein Abendbrot auch oben essen.«
Lady Winterbottom musterte Antonella misstrauisch.
»Ich werde mich auch einsprühen«, versprach Antonella.
»Das ist ja wohl das Mindeste.« Lady Winterbottom zog die Sprühflasche aus der Handtasche und drückte sie Antonella in die Hand. »Aber von Kopf bis Fuß. Hast du mich verstanden, Kind?«
Antonella schlug die Hacken zusammen und salutierte.
»Yesmam«, rief sie und rannte nach oben.

Hustend und mit tränenden Augen betrat Antonella das Zimmer.
»Hallo, Donald«, rief sie. »Ich bin desorientiert ... oder wie das heißt.«
»Desinfiziert«, murmelte Donald hinter seinem Mundschutz hervor. Er saß im Bett, halb versteckt hinter einem

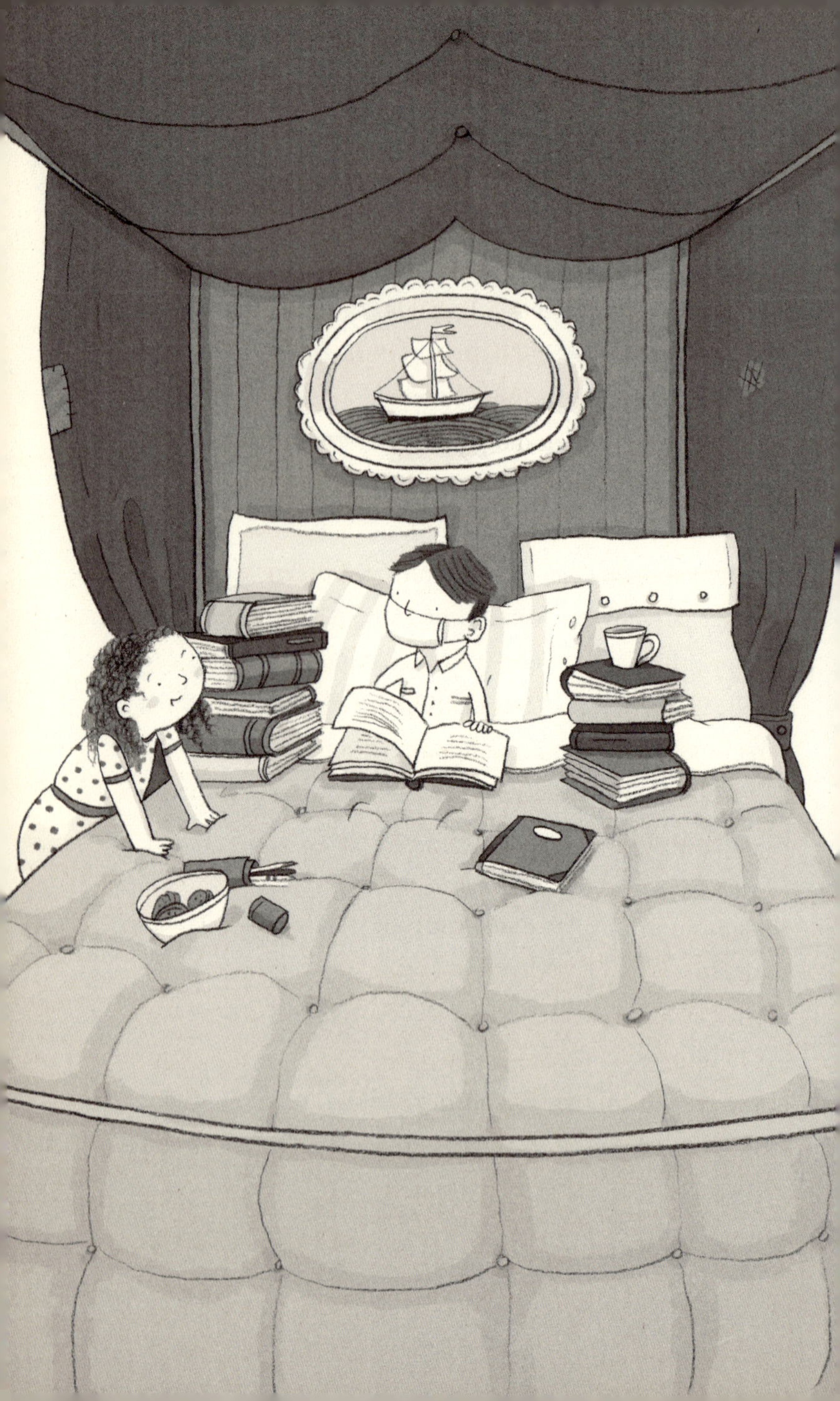

Stapel Bücher, den er um sich herum auf der Decke aufgebaut hatte.

»Was machst du denn da?«, fragte Antonella neugierig.

»Lesen – was würdest du denn tun, wenn du tagein, tagaus nicht vor die Tür dürftest?« Donalds Stimme klang dumpf und traurig.

»Ich weiß nicht«, antwortete Antonella nachdenklich. »Ich darf tagein, tagaus vor die Tür.« Donald seufzte und starrte auf die Bettdecke.

»Die Ärzte haben gesagt, ich habe ein schwaches Immunsystem. Deswegen sagt meine Mutter, im Bett sei ich am besten aufgehoben. Sie macht sich große Sorgen um mich.«

»Hast du Lust auf eine Runde Mikado?«, fragte Antonella. Donald tat ihr leid. Sie hatte das Gefühl, er könnte eine Aufmunterung vertragen. »Ich kann es dir beibringen. Ich hole nur rasch die Stäbchen.«

Als Antonella wiederkam, hielt sie in der einen Hand die Mikadostäbchen, in der anderen balancierte sie eine Schale Kekse. »Von Signor Trullo«, sagte sie und platzierte die Schale auf Donalds Bett.

»Du musst dich auf den Boden setzen, Mikado kann man nur auf einem glatten Untergrund spielen.«

Eine Weile konzentrierten sie sich voll und ganz auf das

Mikadospiel. Donald erwies sich als Naturtalent, er hatte eine ausgesprochen ruhige Hand und schon beim dritten Spiel besiegte er Antonella.

»Donnerknister«, sagte sie und pfiff durch die Zähne. »Du bist ja eine ganz schöne Kanone.«

Donald wurde rot. So etwas hatte noch nie jemand zu ihm gesagt. Schon gar nicht ein Mädchen.

»Kennst du diesen Gorgonzola?«, wollte Antonella wissen. »Keiner hier scheint ihn leiden zu können.«

Donald nickte und nahm sich einen Keks. »Den kennt doch jeder«, sagte er mit wichtigtuerischer Miene. »Er ist sehr reich und er will immer reicher werden. Meine Mutter nennt ihn eine geldgierige Krake. In der Zeitung steht fast jeden Tag ein Artikel über ihn. Er bekommt immer alles, was er will.«

Antonella nickte langsam. Sie zog ihr Notizbuch heraus und schrieb hinein:

»Wer wie ein stinkender Käse heißt, scheint auch ein fieser Kerl zu sein.«

13. Kapitel

Zwei Wochen lang wohnten Antonella, Herr Olafson und Fräulein Hilda nun schon im Grandissimo. An den Vormittagen zogen sich Antonella und Fräulein Hilda zum Unterricht zurück und Herr Olafson schwamm im Meer, las Bücher über Teekannen oder unterhielt sich mit Signor Trullo über alte und neue Zeiten. Antonella schrieb ihren ersten Brief an Selma und Friedegunde Morgentau.

Liebe Morgentaus,

Signor Trullo hat euren Lakritztee in seine Getränkekarte aufgenommen und lässt euch schön grüßen. Das Grandissimo ist wunderbar und nur ein bisschen heruntergekommen. Aber trotzdem sehr elegant, sogar mit den Mottenlöchern in den Gardinen. Und unsere Meeressuite würde euch begeistern: Greta Garbo hat hier übernachtet und Moby Dick hätte es bestimmt auch gefallen, es wäre ihm vielleicht höchstens ein bisschen zu trocken gewesen.

Italien sieht aus wie ein Stiefel und Nudeln heißen hier nicht nur Nudeln, sondern zum Beispiel Spaghetti, Makkaroni, Fusilli, Farfalle oder Lasagne.

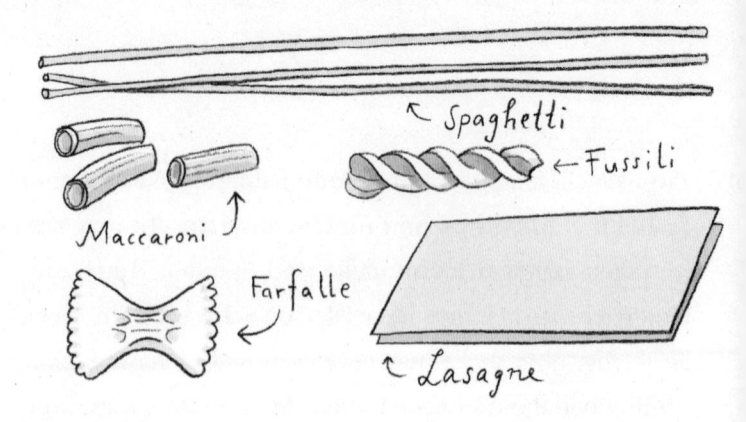

Spaghetti
Fussili
Maccaroni
Farfalle
Lasagne

Miss Frenzy (sie ist Schauspielerin im dramatischen Fach) sagt, in Italien seien Nudeln die reinste Wissenschaft.

Mit Fräulein Hilda verstehe ich mich prima, eine bessere Lehrerin hätte ich nicht bekommen können. Ich bin sehr froh, dass sie eure Nichte ist und nicht der Schuldirektor Semmelweiß. Ich glaube nicht, dass wir uns gut verstehen würden. Und ich glaube nicht, dass er ein wirklich guter Lehrer ist. Aber wissen tue ich es natürlich nicht. Herr Olafson sagt immer, in vielen Menschen schlummern ungeahnte Talente. Vielleicht ist das ja auch so bei Schuldirektor Semmelweiß.

Ich mache jetzt Schluss, weil Donald auf mich wartet. Er darf nicht raus wegen seines Immunsystems. Ich besuche ihn in seinem Zimmer und bringe ihm Muscheln oder Algen vom Strand mit. Gestern brachte ich ihm Sand mit, weil Donald

gesagt hat, er hat noch nie eine Sandburg gebaut. Ich habe den Sand extra mit der Sprühflasche eingesprüht, die Lady Winterbottom (Donalds Mutter) mir gegeben hat.
Wir bauten die Burg direkt vor seinem Bett. Sie war wirklich wunderschön. Das musste sogar Lady Winterbottom zugeben. Obwohl sie der Meinung war, dass Sand in einem Zimmer genauso wenig zu suchen hat wie Rührei in einer Schreibtischschublade.
Ich hoffe, euch geht es gut und ihr haltet die Ohren steif. Gebt Herbert einen dicken Kuss von mir mitten auf die Schnauze.

Eure Antonella ♥

Die ganze Aufregung begann an einem Dienstag. Es gab frittierte Tintenfischringe, oder auf italienisch *Calamari Fritti*, zum Mittagessen. Ein Gericht, das Antonella vorher noch nicht kannte, aber sofort liebte. Der Pianospieler spielte *Das Forellenquintett* von Franz Schubert. Miss Frenzy saß mit ihrem Hund Marvin bereits am Tisch. Ihr gegenüber saß Signor Bombasto. Sport war sein Leben. Er trainierte sogar beim Essen, indem er mit gestreckten Beinen Miss Frenzy samt ihrem Stuhl anhob und balancierte. Miss Frenzy schien das nicht zu stören.

Auch die beiden Honigbarts sowie Lucia di Lammermoor waren im Speisesaal. Während Herr Honigbart missmutig in seiner Zeitung blätterte, unterhielten sich die beiden Damen prächtig.
Fräulein Hilda, Herr Olafson und Antonella warteten auf Lady Winterbottom, die immer etwas später kam.
Als Aleksandr Skrz, der tschechische Maler, den Speisesaal betrat, passierte es: Ein ohrenbetäubender Schrei durchschnitt die heitere Klaviermusik. Dann krachte es. Dann war es ruhig, bis jemand rief: »Hilfe!«
»Das war Donald!« Antonella sprang auf. »Ich sehe mal nach.«
Sie rannte die Treppen hinauf. Die anderen Gäste folgten ihr. Donald stand blass und ängstlich vor der geöffneten Zimmertür seiner Mutter.
Lady Winterbottom lag ausgestreckt und mit geschlossenen Augen auf dem Boden, ihr Dutt war verrutscht.
»Sie ist in Ohnmacht gefallen«, sagte Donald aufgeregt.
»Sie braucht Luft.« Fräulein Hilda öffnete das Fenster.
»Aufwachen«, rief Miss Frenzy.
Marvin leckte Lady Winterbottom quer über das Gesicht.
Lady Winterbottom stöhnte. »Wo bin ich?«
»Im Grandissimo«, antwortete Antonella besorgt. »Platt auf dem Boden.«

Jetzt fiel Lady Winterbottom alles wieder ein.
»Meine Kette! Meine Juwelenkette«, jammerte sie.
Antonella und die anderen Gäste sahen sich suchend um.

Signor Bombasto robbte sogar unter das Bett und kletterte wie ein Affe auf den Kleiderschrank.

»Hier ist weit und breit keine Juwelenkette«, sagte Herr Olafson schließlich.

»Aber das ist es ja gerade«, rief Lady Winterbottom verzweifelt. »Sie ist weg. Verschwunden. Heute Morgen war sie noch da. Jetzt ist sie weg. Jemand muss sie gestohlen haben.«

»Wie sah sie denn aus?«, fragte Aleksandr Skrz und holte seinen Zeichenblock hervor.

»Was ist denn hier los?« Signor Trullo eilte die Treppe hinauf.

»Oh, Signor Trullo, meine Juwelenkette ist fort. Sie wurde gestohlen. Sehen Sie nur.« Sie hielt dem Hotelbesitzer die leere Schmuckschatulle unter die Nase. »Die Kette war ein Geschenk meines verstorbenen Mannes«, schluchzte Lady Winterbottom. Signor Trullo schluckte.

»Das ist ein eindeutiger Fall für eine Tasse heißen Lakritztee«, sagte Antonella energisch. »Der beruhigt die Nerven und den Magen.«

»Eine gute Idee«, bekräftigte Signor Trullo nervös. »Ich kümmere mich sofort darum.«

»Wir müssen die Polizei rufen«, brummte Herr Honigbart. »Diebe darf man nicht davonkommen lassen.«

14. Kapitel

»Buon giorno«, rief Antonella den beiden Polizisten entgegen, die ihre Fahrräder vor dem Grandissimo parkten. »Hier geht's lang. Oder möchten Sie vorher noch eine Tasse Lakritztee?«

»No, grazie«, sagte der kleinere der beiden mit ernstem Blick. »Wir sind im Dienst.«

Lady Winterbottom erzählte den Polizisten, wie sie sich zum Mittagessen zurechtgemacht hatte. Sie erzählte, dass sie sich besonders schick machen und zu diesem Zweck ihre Juwelen tragen wollte. Dass sie die Kette von ihrem verstorbenen Mann zu ihrem zehnten Hochzeitstag bekommen hatte und dass sie an dieser Kette ganz besonders hing. »Am Morgen lag die Kette jedenfalls noch in ihrem Kästchen.«

»Sind Sie da ganz sicher?«, fragte der kleinere Polizist. Während Lady Winterbottom erzählte, hatte er die ganze Zeit versonnen seinen kleinen Schnurrbart gezwirbelt.

»Ganz sicher«, erwiderte Lady Winterbottom mit fester Stimme.

Der größere Polizist mit dem Notizblock schrieb eifrig jedes Wort mit. Der kleinere Polizist nickte.

»Nun gut«, sagte er. »Dann werden wir uns jetzt an die Spurensuche machen. Bitte begeben Sie sich in Ihre Zimmer. Keiner verlässt das Hotel. Das versteht sich ja wohl von selbst.«

Die Gäste nickten. So schrecklich der Diebstahl auch war, die dadurch entstandene Aufregung gefiel ihnen.

Antonella, Fräulein Hilda und Herr Olafson zogen sich in die Meeressuite zurück.

»Die arme Lady Winterbottom«, sagte Antonella mitfühlend und hüpfte auf das Sofa. »Ich bin sehr froh, dass ich keine Juwelen habe. Dann kann sie mir auch niemand stehlen.«

Herr Olafson lächelte zustimmend: »Je weniger man hat, umso sorgloser lebt es sich. Trotzdem würde mich interes-

sieren, wo diese Juwelenkette ist. Ein Diebstahl wirft kein gutes Licht auf das Grandissimo.« Auf seiner Stirn erschien eine Sorgenfalte. »Und ein schlechtes Licht ist das Letzte, was das Grandissimo im Moment brauchen kann.«
Antonella nickte. Schlechtes Licht war nie gut. Weder für das Grandissimo noch für die Augen.

Nach etwa zwei Stunden Herumsitzen, Lesen und Mikadospielen beschlossen Antonella, Herr Olafson und Fräulein Hilda, nach unten zu gehen und ein Tässchen Tee zu trinken. Sie liefen den beiden Polizisten, auf deren Gesichtern ein zufriedener Ausdruck lag, direkt in die Arme.
»Wir haben der Lady die frohe Botschaft schon überbracht«, schnaufte der größere Polizist. »Wir haben den Dieb.«
»Um genau zu sein: Wir haben ihn noch nicht. Aber wir wissen, wer es war«, sagte der kleinere.
»Die Polizei kann man eben nicht so leicht an der Nase herumführen. Wir sind schließlich geschult, Missetaten aufzudecken und Bösewichter dingfest zu machen. Und zwar in Nullkommanix!«
Die beiden Polizisten lachten.
»Und wer ist Ihr Missetäter?«, fragte Herr Olafson. Polizisten traute er nie so recht über den Weg.

»Das grüne Phantom«, sagte der kleinere Polizist.

»Das grüne Phantom«, bekräftigte der größere.

»Das grüne Phantom?« Antonella, Herr Olafson und Fräulein Hilda warfen den Polizisten einen fragenden Blick zu.

»Ein stadtbekannter Bösewicht«, antwortete der größere Polizist. »Hat vor zwanzig Jahren sein Unwesen getrieben. Juwelen geklaut.« Er machte eine bedeutungsvolle Pause. »Bis die Polizei ihn fasste und ins Gefängnis warf. Seit ein paar Jahren ist das grüne Phantom wieder auf freien Füßen ...«

»Auf freiem Fuß«, verbesserte Fräulein Hilda.

»Oder so. Jedenfalls hat es sich bis jetzt nichts mehr zuschulden kommen lassen. Aber irgendwann fangen sie alle wieder an. Nicht wahr, Beppo?« Er schlug dem kleineren Polizisten auf die Schulter.

Beppo nickte. »Einmal Schurke, immer Schurke. Ist doch so.«

»Aber wie sind Sie denn darauf gekommen, dass es das grüne Phantom war?«, fragte Antonella. Sie fand es schon immer spannend, Dinge herauszufinden.

»Richtige Befragung«, sagte Beppo knapp.

»Um genau zu sein: rasche Auffassungsgabe«, fügte der größere Polizist hinzu.

»Der komische Junge mit dem Lappen vor dem Mund hat etwas von einer grünen Gestalt erzählt, die er im Zimmer gesehen hat«, erklärte Beppo. »Da war die Sache für uns so klar wie ein Glas Milch ohne Milch. Juwelen und das grüne Phantom – das passt zusammen wie die Faust aufs Auge.«

Antonella machte sich sofort auf den Weg zu Donald. Vor lauter Aufregung vergaß sie sogar, sich mit Desinfektionsmittel einzusprühen.

»Erzähl!«

Donald räusperte sich. »Es ging alles sehr schnell. Aber ich habe es gesehen. Kurz vor dem Mittagessen. Das grüne Phantom kletterte durch das Fenster nach draußen. Wie ein kleiner Affe bewegte es sich. Es war wirklich grün. Schillernd, fast durchsichtig. Es war unglaublich schnell. Ich habe mich natürlich gefragt, was dieses merkwürdige Wesen in unserem Zimmer macht. Als die Kette verschwunden war, wusste ich es.«

»Lady Winterbottom wird sicher sehr glücklich sein, wenn sie ihre Juwelen wiederbekommt«, sagte Antonella erleichtert. »Und Signor Trullo wird bestimmt froh sein, dass auf sein Hotel kein schlechtes Licht fällt.«

15. Kapitel

»Sind Sie ganz sicher?« Signor Trullos Stimme zitterte ein wenig.
Die beiden Polizisten nickten. »Der Junge hat uns eine Beschreibung gegeben, die auf das Phantom passt wie die Butter aufs Brot.«
»Oh. Ja dann ...« Signor Trullo nahm einen Schluck Lakritztee. Er wirkte auf einmal sehr schwach.
»Geht es Ihnen nicht gut, Camillo?«, fragte Herr Olafson.
»Doch, doch, es ist nur ... die ganze Aufregung.«
Fräulein Hilda nickte mitfühlend. »Kommen Sie, Signor Trullo. Was halten Sie von einem kleinen Spaziergang?«
»Wir werden uns jetzt das grüne Phantom vorknöpfen«, erklärten die beiden Polizisten. »Dann ist der Fall für uns erledigt. Arrivederci, die Herrschaften.«
Sie setzten sich auf ihre Fahrräder und strampelten los.
Signor Trullo stützte die Hände auf den Tisch und seufzte.
»Möchten Sie sich hinlegen, mein Bester?«, fragte Herr Olafson besorgt. Er hatte seinen Freund noch nie so mitgenommen gesehen.
»Nein, nein«, erwiderte Signor Trullo und lächelte zaghaft.

»Ich werde Fräulein Hildas Vorschlag annehmen und einen kleinen Spaziergang machen. Würden Sie mich begleiten, Fräulein Hilda?«

»Nichts lieber als das«, sagte Fräulein Hilda und hakte sich bei Signor Trullo unter. »Ein Spaziergang an der frischen Luft macht Geist und Körper wieder frisch.«

Herr Olafson nickte ihr dankbar zu. Es war gut, Menschen um sich zu haben, auf die man sich verlassen kann.

Giornale di Santa Polenta 21. Juli

Rückkehr des grünen Phantoms!

Das grüne Phantom hat wieder zugeschlagen. Gestern Vormittag gegen 10 Uhr beobachtete der elfjährige Donald Winterbottom, wie es im Hotel Grandissimo eine kostbare Juwelenkette stahl und anschließend flüchtete. Besitzerin der Kette ist die Engländerin Lady Harriet Winterbottom, die regelmäßig als Gast des Grandissimo nach Santa Polenta kommt. Das grüne Phantom wurde sofort verhaftet.

»Juwelen und Phantom, das passt zusammen wie Pasta und

Parmesan«, erklärte Giuseppe Pastrami, der Chef der örtlichen Polizei. Bis jetzt leugnet das grüne Phantom jedoch die Tat hartnäckig, von der vermissten Kette gibt es keine Spur. Doch Pastrami ist zuversichtlich. »Wir bringen jeden Missetäter früher oder später zum Reden. Auch das grüne Phantom.«

Vor zwanzig Jahren gehörte das grüne Phantom zu den bekanntesten Dieben Italiens. Es wurde sogar mit dem legendären amerikanischen Meisterdieb John Robie verglichen.

Bevorzugt brach der stets elegant gekleidete Dieb in Hotels ein, wo er den Juwelenschmuck reicher Touristinnen oder Schauspielerinnen stahl. Die Methode des grünen Phantoms ist bis heute weltweit einzigartig: Es hypnotisiert seine Opfer, indem es sie in den Schlaf singt. Dann flüchtet es mit den Juwelen durch das Fenster.

Nach jahrelanger Jagd wurde der ungewöhnliche Meisterdieb von der Polizei in flagranti gefasst. Um dabei nicht selbst in den Schlaf gesungen zu werden, stopften sich die mutigen Polizisten Ohrenstöpsel in die Ohren – ein Trick, den die Polizei auch dieses Mal erfolgreich angewendet hat. Seit einigen Jahren ist das grüne Phantom wieder frei und züchtet Kletterrosen. Der Grandissimo-Raub ist laut Vermutung eines Psychologen ein Rückfall, der nicht auf die leichte Schulter genommen werden darf.

»Na, das ist doch einmal eine gute Nachricht«, sagte Antonio Gorgonzola erfreut und rieb sich die Hände. »Ein Diebstahl wirft ein ausgesprochen schlechtes Licht auf das Grandissimo. Genau das, was wir brauchen. Trullo wird mich anflehen, sein Hotel zu kaufen. Was ich natürlich tun werde. Für wenig Geld, versteht sich.« Er kicherte.
»Das Glück ist mit den Dummen«, murmelte Luigi Caprese. Auch wenn er seine Launen ertrug, konnte er Gorgon-

zola nicht leiden. Aber er verdiente Geld mit ihm. Viel Geld. Er hatte Frau und Kind und musste ein teures Haus abzahlen. Er konnte es sich nicht leisten, Gorgonzola abzuservieren.

»Was sagten Sie?«

»Ich habe gesagt, dass Sie wirklich ein Glückspilz sind«, erwiderte der Anwalt und bemühte sich zu lächeln.

»Glück«, schnaubte Gorgonzola. »Glück, pah. Machen Sie sich nicht lächerlich. Ich bin genial. Das sollten Sie sich immer vor Augen halten. Ich habe Visionen. Ich weiß, wo ich hin will. Mich hält niemand auf. Und erst recht kein popeliger Hotelbesitzer. Santa Polenta wird meine Stadt: Santa Gorgonzola. Ich gebe Trullo noch einen Tag. Dann gehört das Grandissimo der Vergangenheit an.«

Er schlug mit der Hand auf den Schreibtisch, dass die Stifte tanzten.

Caprese nickte. Er wünschte, er säße in der Wüste Sahara und könnte Gorgonzola beim Schmelzen zuschauen.

Auch im Grandissimo war der Juwelendiebstahl beim Abendessen Gesprächsthema Nummer eins.

»Wenn ich die Kette nur schon wiederhätte«, seufzte Lady Winterbottom. »Aber wenigstens hat die Polizei den Dieb gefasst. Wie gut, dass Donald alles beobachtet hat. Wie

jemand, der Kletterrosen züchtet, nur zu so etwas fähig sein kann!«
»Diebe gehören hinter Gitter«, brummte Herr Honigbart. »Kletterrosen hin oder her.«
»Dieses grüne Phantom muss unglaublich sportlich sein«, sagte Signor Bombasto und stemmte zwei riesige volle Blumenvasen hoch.
»Ob mir dieses Phantom wohl Modell sitzen würde?«, überlegte Aleksandr Skrz. »Auf dem Bild, das in der Zeitung abgedruckt ist, hat es so eine altmodisch-elegante Ausstrahlung. Und es ist grün. Sehr ungewöhnlich. Um nicht zu sagen faszinierend.«
Miss Frenzy drückte ihren Hund fest an sich. »Gut, dass dieses furchtbare Wesen nicht meinen Marvin gestohlen hat. Ich hätte für nichts garantieren können.«
Ihr Gesichtsausdruck war so grimmig, dass jeder ihr sofort glaubte.

»Ich erinnere mich noch gut an das grüne Phantom«, sagte Lucia di Lammermoor mit entrücktem Lächeln.
»Wirklich?«, fragte Antonella gespannt. »Wurden Sie denn auch bestohlen?«
Lucia di Lammermoor errötete. »Also, nun, ähm, ja, in der Tat.«

»Um Himmels willen, Sie Ärmste!«, rief Adele Honigbart entsetzt und schlug die Hände zusammen.

Lucia di Lammermoor hielt den linken Arm hoch, an dem ein prachtvolles Juwelenarmband hing. »Ich war damals noch eine sehr junge Opernsängerin. In der Blüte meiner Jugend sozusagen. Dieses Armband war das Geschenk eines reichen Verehrers. Ist es nicht wundervoll?«

Sie nestelte verträumt an den glitzernden Steinen herum.

»Offensichtlich haben Sie es wieder zurückbekommen«, stellte Miss Frenzy erleichtert fest.

Lucia di Lammermoor nickte. Dann räusperte sie sich und sagte: »Also, wenn ich ehrlich bin, meine Damen und Herren: Vom grünen Phantom bestohlen worden zu sein, gehört nach wie vor zu meinen schönsten Erlebnissen.«

»Wie bitte?«, rief Frau Honigbart überrascht und beugte sich nach vorn. »Was reden Sie denn da? Sie wollen doch nicht sagen, dass es Ihnen Spaß gemacht hat, bestohlen zu werden!« Sie schüttelte ungläubig den Kopf, dass ihre winzigen Löckchen nur so wippten.

»Pfft«, schnaubte Herr Honigbart verächtlich. »Diebstahl ist Diebstahl. Ob es Spaß macht oder nicht.«

»Bitte erzählen Sie«, sagte Fräulein Hilda und warf Herrn Honigbart einen strengen Blick zu.

»Es war diese Stimme«, schwärmte Lucia di Lammermoor.

»Sie haben ja gelesen, dass das Phantom seine Opfer in den Schlaf gesungen hat, nicht wahr? Ach, diese wunderbare Stimme! So weich, so glitzernd. Sie erinnerte mich an Wassertropfen in der Sonne, an Perlen aus Meeresschaum. Und als ich dann wieder erwachte – ein Gefühl, als wäre ich neugeboren.«

Herr Honigbart verdrehte die Augen.

»Natürlich waren alle bestohlenen Damen sehr froh, ihren Schmuck wiederzubekommen. Aber glauben Sie mir: Ich war bestimmt nicht die Einzige, die sich sofort wieder hätte bestehlen lassen. Aber natürlich hat das keine der Damen öffentlich zugegeben. Die Eifersucht der Ehemänner – Sie verstehen.«

Lucia di Lammermoor warf einen bedeutungsvollen Blick in die Runde.

»Wie unglaublich romantisch!« Frau Honigbart schlug erneut die Hände zusammen. »Ich muss gestehen, dieser Diebstahl bringt etwas Leben in unseren Urlaub!«

Herr Honigbart schüttelte den Kopf und ging in sein Zimmer.

Miss Frenzy starrte nachdenklich auf ihren Juwelenring.

Antonella schlug ihr Notizbuch auf und machte sich Notizen darüber, was sie gerade gehört hatte. Das grüne Phantom interessierte sie.

16. Kapitel

Donnerstags war Fräulein Hilda ausgesprochen schlecht gelaunt. Das hing damit zusammen, dass ihr an diesem Wochentag vor Jahren ein dickes Lexikon auf den Kopf gefallen war. Seither hatte sie jeden Donnerstag Kopfschmerzen. Und seither war sie jeden Donnerstag schlecht gelaunt. Sie konnte nichts dagegen tun. So wenig wie gegen das Wetter.

Antonella und Herr Olafson versuchten alles, um ihre schlechte Laune zu bessern.

Sie flüsterten nur miteinander.

Sie brachten Fräulein Hilda das Frühstück ans Bett.

Sie liefen auf Zehenspitzen durch die Meeressuite.

Aber es half alles nichts. Fräulein Hildas Laune besserte sich dadurch nicht einen Millimeter. Den ganzen Tag machte sie ein grimmiges Gesicht. Oder sie weinte. An Donnerstagen war sie sehr nah am Wasser gebaut. Niemand konnte ihr etwas recht machen. Sie wollte weder Mikado spielen noch Tee trinken, was Herr Olafson besonders schade fand. Er genoss die täglichen Teegespräche mit Fräulein Hilda.

Antonella liebte die Unterrichtsstunden bei Fräulein Hilda. Doch an den Donnerstagen war sie froh, wenn der Unterricht – auf den Fräulein Hilda auch an diesem Tag ausdrücklich bestand – vorbei war. Heute hatte Antonella den gesamten Vormittag damit verbracht, ein Staubkorn unter dem Mikroskop zu beobachten. Fräulein Hilda weinte still vor sich hin, weil sie fand, dass Staubkörner unter dem Mikroskop so traurig aussahen. Antonella hingegen wäre fast eingeschlafen.

Als der Unterricht endlich vorbei war, musste sie zwei Tassen kreolischen Rübentee mit sehr viel Zucker trinken, um wieder munter zu werden.

»Ich werde das grüne Phantom besuchen«, verkündete sie Herrn Olafson. Der hatte sich entschlossen, die Donnerstagslaune von Fräulein Hilda so weit wie möglich zu ignorieren. Er saß an dem Kirschholz-Sekretär in der Meeressuite und schrieb ein Kapitel für sein Standardwerk über Teekannen.

»Hm?«, brummte er und warf Antonella einen fragenden Blick zu.

»Man sollte sich von den Dingen immer selbst ein Bild machen«, sagte Antonella.

»Da hast du allerdings recht«, stimmte Herr Olafson zu.

Antonella nahm sich einen Apfel aus der Obstschale und ging. Herr Olafson versuchte nicht, sie aufzuhalten. Er kannte Antonellas Abenteurer- und Forscherdrang.

Das Gefängnis von Santa Polenta war ein hässlicher, grauer Kasten. Gut, dass mir das dramatische Fach nicht so liegt, dachte Antonella. So bedrückend, wie das Gebäude ist.

Sie stemmte die schwere Eisentür auf. Ein muffiger Geruch schlug ihr entgegen. Neonröhren verbreiteten ein so grelles Licht, dass Antonella blinzeln musste.

»Was willst du denn hier?« Der Gefängniswärter saß an einem zerkratzen Schreibtisch aus Holz. Vor ihm lag eine aufgeschlagene Rätselzeitschrift. Er wirkte ausgesprochen mürrisch. An der Vorderseite seiner grauen Uniform prangte ein matschiger, roter Fleck. Wahrscheinlich Tomatensoße, dachte Antonella. Die Ärmel der Uniformjacke waren zu kurz, sodass man am rechten Handgelenk des Wärters die Tätowierung eines Krokodils sehen konnte.

»Buon giorno«, sagte Antonella freundlich.

»Ein Gefängnis ist nichts für kleine Mädchen«, knurrte der Wärter.

»Stellen Sie sich einfach vor, ich sei ein großer Junge«, schlug Antonella vor. »Sie glauben gar nicht, was man sich alles vorstellen kann, wenn man nur will. Ich möchte bitte das grüne Phantom besuchen.«
Der Gefängniswärter machte große Augen.
»Was willst du denn bei dem? Bist du etwa seine Komplizin?« Er warf Antonella einen misstrauischen Blick zu.
»Quatsch«, sagte Antonella. »Ich möchte mir nur selbst ein Bild machen. Ich wohne zurzeit im Hotel Grandissimo.«
»Das ist kein Grund«, brummte der Gefängniswärter und wiederholte: »Ein Gefängnis ist nichts für kleine Mädchen.«
»Das ist auch kein Grund.« Antonellas Blick fiel auf die Zeitschrift. »Mögen Sie Rätsel?«
Das Gesicht des Gefängniswärters hellte sich auf. »Sehr. Sie vertreiben mir die furchtbar langweiligen Tage hier.«
»Ich habe ein Rätsel für Sie«, sagte Antonella. »Möchten Sie es hören?«
Der Gefängniswärter nickte. »Raus damit.«
»Ich verrate Ihnen mein Rätsel und Sie lassen mich zum Phantom.«
Der Gefängniswärter dachte nach. »In Ordnung«, sagte er schließlich. »Zelle 13. Aber du darfst nur so lange bleiben, bis ich das Rätsel gelöst habe. Und darin bin ich schnell.«

Antonella nickte.

»Das Rätsel lautet folgendermaßen: Was liegt auf dem Meeresboden und zittert?«

Der Gefängniswärter drehte an seinem Uniformknopf und dachte nach.

Antonella winkte ihm aufmunternd zu und machte sich auf zu Zelle 13.

Das grüne Phantom blickte aus dem vergitterten Fenster seiner vergitterten Gefängniszelle. Ein wunderschönes Grün, dachte Antonella. Grün wie ein Smaragd, der in der Sonne glitzert. Passend zu seiner Hautfarbe trug das Phantom einen dunkelgrünen Anzug mit hellgrünem Hemd. Es sah wirklich sehr elegant aus. Ein bisschen wie Cary Grant, der Filmschauspieler, den Friedegunde Morgentau so verehrte. Nur, dass der nicht grün war.

»Guten Tag. Ich hoffe, ich störe nicht«, sagte Antonella. Fräulein Hilda hatte ihr beigebracht, dass man mit Höflichkeit am weitesten kommt.

Das Phantom drehte sich um und lächelte. »Nein, du störst nicht. Im Gegenteil. Es tut gut, Besuch zu bekommen.« Seine Stimme war weich und vornehm.

»Ich heiße Antonella. Ich wohne im Grandissimo, zusammen mit Herrn Olafson und Fräulein Hilda.«

Das Phantom nickte. »Wie geht es dem guten Signor Trullo?«
»Er fühlt sich etwas schwach.«
Das Phantom nickte wieder und schwieg.
»Sie sollten die Juwelenkette zurückgeben«, sagte Antonella. »Und Sie sollten sich bei Lady Winterbottom entschuldigen. Das ist das Mindeste, was Sie tun können.«
Antonella merkte jetzt, wie ärgerlich sie war.
»Das würde ich von Herzen gern«, antwortete das Phantom ernst. »Doch ich habe die Juwelenkette nicht gestohlen.«
»Aber Donald hat doch gesehen, wie Sie aus dem Fenster kletterten«, rief Antonella. »Sie lügen!«
»Ich lüge nicht.« Das Phantom warf ihr einen verletzten Blick zu. »Ich stehle schon seit Jahren nicht mehr. Ich züchte Kletterrosen und lese für mein Leben gern Kriminalromane.«
»Na so was, Herr Olafson sammelt Teekannen und liebt ebenfalls gute Kriminalromane«, sagte Antonella überrascht.
Das Phantom nickte. »Eine gute Kanne Tee und ein Kriminalroman – es gibt nicht Schöneres an einem verregneten Nachmittag.«
Antonella dachte nach. Was, wenn das Phantom die Juwe-

lenkette wirklich nicht gestohlen hatte? Wer war es dann? Wen hatte Donald gesehen?

»Ich würde Signor Trullo nie in Schwierigkeiten bringen«, fuhr das Phantom fort. »Er war immerhin der Einzige, der mir geglaubt hat. Als die Polizei mich damals gefasst hat – da war ich nicht auf Beutezug. Im Gegenteil: Ich wollte die gestohlenen Juwelen wieder zurückbringen. Heimlich natürlich. Die ganze Angelegenheit war mir sehr unangenehm.«

»Zurückbringen?« Antonella runzelte die Stirn.

»Ja. Ich habe die Juwelen nur gestohlen, weil ich sie so wunderschön fand. Ich konnte mich nicht sattsehen an ihrem Glitzern und wollte sie immer um mich haben. Erst später wurde mir klar, was ich getan habe. Ich wollte die Sache wieder in Ordnung bringen, indem ich die Juwelen zurückbringe. Die Polizei hat mir nicht geglaubt. Signor Trullo schon. Er hat mich sogar im Gefängnis besucht.«

»Trotzdem: Man klaut nicht einfach alles, was einem gefällt«, sagte Antonella mit funkelnden Augen.

Das Phantom seufzte. »Das weiß ich. Es war nicht richtig. Ich wünschte, ich könnte es ungeschehen machen. Doch die Vergangenheit kann man nicht ändern.«

»Aber die Gegenwart«, erwiderte Antonella munter. »Sie sind sicher, dass Sie die Juwelen nicht gestohlen haben?«

»*Ganz* sicher«, antwortete das Phantom. »So sicher wie der Sommer auf den Frühling folgt.«
»Dann werde ich mich um das weitere Vorgehen kümmern«, sagte Antonella. »Sie hören von mir.« Diese beiden Sätze hatte sie in einem von Herrn Olafsons Büchern gelesen und fand, dass sie an dieser Stelle sehr gut passten.

Als Antonella Richtung Ausgang marschierte, saß der Wärter mit gerunzelter Stirn an seinem Schreibtisch.
»Na, haben Sie die Lösung?«, fragte Antonella fröhlich.
»Ich gebe auf. Verrate sie mir.«
»Ist doch ganz einfach: ein nervöses Wrack«, lachte Antonella und hüpfte aus dem dunklen Gefängnisgebäude hinaus in die Sonne.

17. Kapitel

»Ciao, Signora Maria«, rief Antonella. Sie winkte der Dame mit der riesigen Brille an der Rezeption zu.
»Ciao, Antonella«, antwortete Signora Maria freundlich. »Herr Olafson ist eine Runde im Meer schwimmen. Und Fräulein Hilda hat sich hingelegt.«
Antonella nickte. »Morgen geht es ihr zum Glück wieder besser. Nicht auszudenken, wenn die ganze Woche nur aus Donnerstagen bestünde.«
Sie ging an der Rezeption vorbei Richtung Treppe.
»Was ist denn das für ein Radau?«, fragte sie und blieb stehen. Aus Signor Trullos Büro kamen Stimmen. Sie klangen sehr wütend.
»Nie, nie im Leben werde ich verkaufen! Und schon gar nicht an Sie, Sie Schlangenbrut!«
»Pah, das sagen Sie jetzt. Warten Sie nur ab. Ich kriege Sie noch so klein mit Hut!«
Signora Maria warf Antonella einen ärgerlichen Blick zu und flüsterte: »Dieses widerliche Ungeziefer!«
Plötzlich ging die Tür auf und das »widerliche Ungeziefer« kam heraus. Es war Antonio Gorgonzola. Antonella erkannte ihn sofort. Schließlich war die ganze Stadt vollge-

pflastert mit Plakaten, auf denen sein grinsendes Gesicht zu sehen war.
»Holla«, rief sie, als er an ihr vorbeistürmte. »Immer schön langsam! Wir sind hier nicht auf der Rennbahn.«
Antonio Gorgonzola blieb stehen und starrte Antonella an, als wäre sie ein lästiges Insekt. »Wer ist das denn?«
»Ein Gast des Hauses, der eine Mission zu erfüllen hat«, rief Antonella und lief an Gorgonzola vorbei die Treppe nach oben.
Er roch wirklich ein bisschen nach Käse.

»Ich habe gerade das Phantom im Gefängnis besucht«, verkündete Antonella, als sie Donalds Zimmer betrat. »Es behauptet Stein und Bein, die Juwelenkette nicht gestohlen zu haben. Es sah sehr traurig und mitgenommen aus. Dieses Gefängnis ist ein sehr bedrückender Ort. Man sollte es zumindest bemalen. Was ich nur nicht verstehe: Du hast das Phantom doch genau gesehen?«
Donald wurde blass.
»Was ist denn mit dir los?«, fragte Antonella verwundert. »Du siehst ja aus wie ein Tintenfisch, dem die Tinte ausgelaufen ist.«
»Ich glaube, ich muss dir etwas erzählen«, sagte Donald kläglich.

Liebe Morgentaus,

stellt euch vor, hier im Grandissimo ist ganz schön was los. Die Juwelenkette von Lady Winterbottom wurde gestohlen. Donald hat behauptet, er hätte das Phantom gesehen. (Ich lege euch den Zeitungsabschnitt aus dem Giornale di Santa Polenta bei, damit ihr wisst, wovon ich rede.) Jedenfalls wurde das grüne Phantom verhaftet (ja, es ist tatsächlich grün, aber ich finde, die Farbe steht ihm ausgezeichnet), aber Lucia di Lammermoor hat beim Abendessen gesagt, dass das Phantom etwas Besonderes sei und dass sie sich jederzeit wieder beklauen lassen würde. Also bin ich ins Gefängnis, um mir selbst ein Bild zu machen. Ich muss ehrlich sagen, ich fand das grüne Phantom sehr nett – und ich habe ihm geglaubt, dass es Lady Winterbottoms Juwelen nicht geklaut hat.

Als ich wieder im Hotel war, bin ich sofort zu Donald, um ihm die Geschichte zu erzählen. Und jetzt haltet euch fest: Donald gab zu, dass er das Phantom gar nicht gesehen hat! Er hatte etwas über das Phantom gelesen und wollte sich mit seiner Aussage nur wichtigmachen! Ich war sehr wütend auf ihn, das könnt ihr euch ja vorstellen. Aber dann fiel mir ein, was ihr immer sagt: Egal was ein Mensch tut, es gibt

immer einen Grund für das, was er tut. Ich habe nachgedacht. Und ich glaube, ich würde mich auch wichtigmachen wollen, wenn ich den ganzen Tag wegen meines Immunsystems im Zimmer sitzen müsste. Jedenfalls müssen wir jetzt so schnell wie möglich herausfinden, wer der richtige Dieb ist, damit das grüne Phantom aus diesem furchtbaren Gefängnis entlassen wird. Donald tut es sehr leid, was er getan hat. Er will mir unbedingt helfen. Darüber bin ich auch sehr froh. Er ist ein guter Freund. Und zu zweit hat man einfach bessere Ideen.
Drückt uns auf jeden Fall die Daumen und Pfoten!

Eure Antonella ♥

Nachdem Antonella den Brief an die Morgentaus abgeschickt hatte, ging sie wieder zu Donald.

»Ich habe nachgedacht. Wir müssen das Zimmer von Lady Winterbottom noch einmal genau untersuchen«, sagte sie. »Vielleicht finden wir etwas, das uns auf die richtige Spur bringt.«

Donald nickte eifrig. »Dann lass uns gleich gehen. Meine Mutter ist am Strand.«

Er wollte wirklich alles tun, um die Sache wiedergutzumachen.

»Donald«, sagte Antonella, als sie in Lady Winterbottoms Zimmer standen. »Wir durchsuchen jeden Winkel und drehen jedes Staubkorn um. Es geht schließlich um die Ehre.« Auch diesen Satz hatte sie irgendwo gelesen und fand ihn sehr erhebend.

Auf allen vieren krochen sie durch das Zimmer. Antonella hatte extra eine Lupe dabei, damit ihr ja nichts entging. Donald leuchtete mit seiner Taschenlampe in jede Ecke.

»Hah«, rief er plötzlich aufgeregt, als er unter der Frisierkommode lag. »Ich habe etwas gefunden.«

Antonella lief zu ihm. Donald hielt ihr etwas Schwarzes, Längliches entgegen. Es war klebrig und voller Staub.

Antonella betrachtete das Ding mit der Lupe.

»Lakritze«, stellte sie fest. »Isst deine Mutter Lakritze?«

Donald schüttelte den Kopf. »Nein, sie kann Lakritze nicht ausstehen. Sie findet auch Signor Trullos Lakritztee ganz fürchterlich.«

Antonella dachte nach. Sie hatte das Gefühl, in ihrem Kopf schaltete sich plötzlich ein Propeller ein. Ein Propeller, der wusch, wusch, wusch alle ihre Gedanken auf- und durcheinanderwirbelte. Und als sich der Propeller langsam wieder ausschaltete, wusste Antonella, wer der Dieb war.

»Signor Trullo«, flüsterte sie. »Er liebt Lakritzstangen. Aber warum würde er Lady Winterbottoms Juwelenkette stehlen?«

»Vielleicht braucht er Geld? Oder er wird erpresst? In Kriminalromanen ist das oft so.« Donalds Augen glänzten vor Aufregung.

Und plötzlich fiel es Antonella wie Schuppen von den Augen. Sie umarmte Donald.

»Donald, du bist genial, wunderbar, einzigartig, äh...«

»... phantastisch«, half Donald aus und wurde ein bisschen rot.

Antonella grinste. »Ich muss sofort zu Herrn Olafson und Fräulein Hilda. Ich erkläre dir alles später.« Sie rannte aus dem Zimmer.

Donald fühlte sich zum ersten Mal in seinem Leben wie ein Held. Obwohl er keine Ahnung hatte, wie er zu dieser Ehre gekommen war.

Fräulein Hilda war immer noch sehr mürrisch, als Antonella in die Meeressuite stürmte. Herr Olafson kam gerade vom Schwimmen und trug noch seine Badehose. Doch als

Antonella ihnen die Neuigkeiten erzählte, waren beide ganz Ohr.
»Signor Trullo?«, rief Herr Olafson. »Meine Güte, das ist niederschmetternd. Bist du dir sicher?«
»Ich habe ein Gespräch zwischen Signor Trullo und Gorgonzola belauscht.«
»Ts, ts, ts«, machte Fräulein Hilda und runzelte die Stirn.
»Es war keine Absicht«, entschuldigte sich Antonella.
»Aber in diesem Falle sehr erhellend. Jedenfalls glaube ich, dass Gorgonzola irgendetwas mit dem Grandissimo vorhat. Und Signor Trullo braucht Geld, um ihn daran zu hindern. Deswegen hat er die Kette gestohlen.«
»Camillo und Stehlen.« Herr Olafson schüttelte den Kopf. »Das passt einfach nicht zusammen.«
»Viele Sachen passen nicht zusammen«, sagte Fräulein Hilda und hielt sich ein kühles Tuch an die Stirn. »Zum Beispiel ihre rot-gelb gestreifte Badehose und das türkisblaue Sofa, auf dem Sie sitzen. Ich schlage vor, wir sprechen mit Signor Trullo. Wenn er die Juwelenkette wirklich gestohlen hat, wird er am besten wissen, warum.«
Herr Olafson nickte traurig. Er verstand die Welt nicht mehr.

18. Kapitel

Signor Trullo war am Boden zerstört. »Was ich angerichtet habe, ist unverzeihlich«, rief er verzweifelt und raufte sich die wenigen Haare. »Ich rufe sofort die Polizei an und werde die Sache in Ordnung bringen. Aber glauben Sie mir, die vergangenen Tage waren die schlimmsten meines Lebens. Ich bin sehr froh, dass ich diese Last nicht mehr tragen muss.« Signor Trullo seufzte erleichtert.
»Das haben Sie Antonella zu verdanken«, sagte Fräulein Hilda.
»Und Donald«, fügte Antonella hinzu.
»Aber warum nur, mein lieber Freund?«, fragte Herr Olafson, der es immer noch nicht fassen konnte. »Geht es um Geld?«
»Es geht um das Grandissimo!« Signor Trullo ballte die Fäuste. »Dieser widerliche Gorgonzola. Er tut alles, um meine Gäste in sein Hotel Cosmopolito zu locken. Abendessen umsonst, Zimmer zum halben Preis, jeden Abend Party, ein gigantisches Frühstücksbuffet – da kann das Grandissimo nicht mithalten. Unmöglich. Mir bleiben die Gäste aus – bis auf meine Stammgäste natürlich, die mir treu geblieben sind. Aber alle anderen ... doch genau das ist es,

was Gorgonzola beabsichtigt. Stellen Sie sich vor, er will das Grandissimo kaufen und abreißen. Stattdessen will er ein riesiges Schnellrestaurant bauen. Ein Schnellrestaurant! Was für eine Schande!« Signor Trullo knirschte mit den Zähnen, so wütend war er. »Aber was kann ich dagegen tun? Ich habe kein Geld, um gegen Gorgonzola etwas auszurichten. Also habe ich in meiner Verzweiflung die Kette gestohlen. Ich wollte sie zu Geld machen. Doch in dem Moment, wo sie in meinem Besitz war, fühlte ich mich so elend wie ein Huhn in Joghurtmarinade. Vor allem, als ich erfuhr, dass das arme Phantom dafür ins Gefängnis kam.« Signor Trullo senkte den Kopf.

»Warum haben Sie denn mit niemandem gesprochen?«, wollte Herr Olafson wissen.

»Mit wem denn? Meinen Gästen?«, fragte Signor Trullo empört. »Nein, meine Gäste haben das Recht auf eine erholsame Zeit und auf meine volle Aufmerksamkeit. Ich kann sie doch nicht mit meinen Problemen belästigen. Verstehen Sie doch, ich bin mit Leib und Seele Hotelier. Ich tue alles für meine Gäste.« Er schüttelte den Kopf. »Leider nicht immer das Richtige. Ich gehe sofort zur Polizei.«

»Noch ist nicht aller Tage Abend«, sagte Antonella. »Tut es Ihnen denn wirklich leid, dass Sie die Kette gestohlen haben?«

»Von ganzem Herzen«, antwortete Signor Trullo und legte die Hand auf sein Herz.
»Und würden Sie sich bei Lady Winterbottom entschuldigen?«
»Selbstverständlich. Das ist das Mindeste, was ich tun kann.«
»Dann habe ich eine Idee.«
Antonella verließ das Büro.

Kurze Zeit später kam sie mit Lady Winterbottom zurück.
»My Goodness, Signor Trullo«, rief Lady Winterbottom. »Was machen Sie nur für Sachen! Antonella hat mir alles erzählt.«
»Es tut mir so entsetzlich leid, liebe Lady Winterbottom«, sagte Signor Trullo kleinlaut. »Hier sind Ihre Juwelen. Ich werde mich sofort der Polizei stellen.«

»Papperlapapp, Sie stellen sich nirgendwo hin«, erklärte Lady Winterbottom energisch. »Diesem schmierigen Gorgonzola gehört das Handwerk gelegt. Eines ist jedenfalls sicher: We have to save the Grandissimo – Wir müssen das Grandissimo retten!«

»Hurra!«, rief Antonella so laut, dass Fräulein Hilda ihr einen grimmigen Blick zuwarf. Der Donnerstag war schließlich noch nicht vorbei.

»Aber als Erstes müssen wir der Polizei sagen, dass die Kette wieder da ist. Damit das Phantom aus dem Gefängnis kommt«, sagte Herr Olafson.

»Das übernehme ich«, rief Lady Winterbottom energisch. »Und mit Donald werde ich ein ernstes Wörtchen reden.«

Antonella warf ihr einen ängstlichen Blick zu.

»Schon gut, Kind.« Um ihren Mund zuckte ein Lächeln. »Nicht *zu* ernst.«

Signor Trullo nahm Lady Winterbottoms Hand. »Sie sind ein Engel«, sagte er. »Wie soll ich Ihnen das nur danken?«

»Darüber machen Sie sich keine Gedanken«, antwortete Lady Winterbottom und wurde rot. »Im Moment sind andere Dinge wichtiger.«

Als Antonella nach diesem aufregenden Tag im Bett lag, war an Einschlafen nicht zu denken. Ihre Gedanken kreisten um das Grandissimo. Es musste eine Möglichkeit geben, Signor Trullo zu helfen. Nur welche? Antonella kam sich auf einmal sehr klein vor.
Wie ein russischer Zupfkuchenteekrümel.
Sie stand auf und tappte ans Fenster. Das fahle Mondlicht schien ihr mitten ins Gesicht. Das Meer rauschte vor sich hin. Antonella nahm ihr Tagebuch und blätterte gedankenverloren darin herum. Es war schon ziemlich vollgeschrieben mit ihren Gedanken und Beobachtungen. Da fiel ihr Blick auf einen Satz, den ihr Friedegunde Morgentau einmal gesagt hatte: »Zusammen schafft man Dinge, die zunächst unmöglich erscheinen.«

Antonella las den Satz noch einmal. Dann noch einmal. Dann fiel ihr das Gespräch mit dem Phantom im Gefängnis ein. Und dann schrieb sie in ihr Tagebuch:

»Gute Ideen kommen immer dann, wenn man am wenigsten damit rechnet.«

19. Kapitel

Am nächsten Morgen konnte Antonella das Ende des Unterrichts kaum erwarten.

»Du bist unkonzentriert«, sagte Fräulein Hilda streng.

»Ich habe einen Plan, wie wir das Grandissimo vielleicht retten können«, antwortete Antonella.

»Ein guter Plan ist in *diesem* Falle sicher Gold wert. Aber eine gute Schulbildung ist in *jedem* Falle Gold wert. Dennoch werden wir den Unterricht heute aufgrund außerordentlicher Umstände eine Stunde eher beenden – wenn du dich jetzt konzentrierst. Du bist sicher damit einverstanden?«

Antonella nickte. Auf Fräulein Hilda war eben Verlass.

»Dürfte ich denn von deinem Plan erfahren?«, fragte Fräulein Hilda am Ende des Unterrichts.

»Erst muss ich mit dem Phantom reden«, sagte Antonella. »Es ist die Schlüsselfigur.«

Fräulein Hilda nickte und fragte nicht weiter. Sie hielt nichts davon, Kinder zu irgendetwas zu zwingen.

»Wir haben eine Mission«, rief Antonella, als sie in Donalds Zimmer stürmte.

In raschen Worten erklärte sie ihm ihren Plan.

»Aber ich darf nicht raus. Du weißt doch, mein Immunsystem.«

»Du siehst so gesund aus wie ein Regenwurm im Gemüsebeet«, erklärte Antonella fröhlich. »Ich glaube, dein Immunsystem wird sogar sehr froh sein, wenn es endlich einmal frische Luft schnuppert.«

Donald nickte nachdenklich. Er fühlte sich tatsächlich viel gesünder und kräftiger, seit er seine Zeit mit Antonella verbrachte. Und außerdem: Der Gedanke, einmal rauszukommen wie ein normales Kind, war sehr aufregend. Nur gut, dass seine Mutter heute beim Friseur war.

Das Haus des Phantoms lag versteckt hinter einer riesigen pfirsichfarbenen Kletterrosenhecke. Antonella atmete die süße Luft ein. Der Duft erinnerte sie an das Parfüm von Selma Morgentau.

»Guten Tag«, rief sie und winkte der grünen Gestalt auf der Leiter zu.

»Guten Tag, Antonella. Es tut gut, wieder in Freiheit zu sein.« Das Phantom stieg von der Leiter und reichte Antonella die Hand.

»Das ist Donald.« Antonella warf dem Jungen einen vielsagenden Blick zu.

»Es tut mir schrecklich leid«, stammelte Donald hinter seinem Mundschutz hervor. »Ich habe das wirklich nicht gewollt. Es war sehr dumm von mir. Das sagt auch meine Mutter.«

»Schon gut«, sagte das Phantom mit leiser Stimme. »Ich bin auch nicht auf alles stolz, was ich in meinem Leben getan habe.«

»Weswegen wir noch gekommen sind...« – Antonella machte eine bedeutungsvolle Pause. »Wir brauchen Ihre Hilfe. Es geht um die Rettung des Grandissimo.«

»Lasst uns ins Haus gehen«, schlug das Phantom vor. »Pläne sollte man immer hinter festen Wänden besprechen.«

»Krimiabende«, sagte Antonella und nahm einen Schluck selbstgemachten Kletterrosennektar. »Mit Hypnose und Juwelenzurückgarantie.«

Das Phantom sah sie verständnislos an.

»Ganz einfach: Sie singen die Gäste in den Schlaf und klauen ihnen dann die Juwelen. Wenn die Gäste wieder erwachen, müssen sie erraten, wem Sie die Juwelen geklaut haben. Der Sieger und das Opfer bekommen einen Preis. Selbstverständlich müssen Sie die Juwelen wieder zurückgeben.«

»Also, ich...«, stotterte das Phantom. »Natürlich würde ich

alles tun, das Grandissimo zu retten ... aber ... ich meine, werden mir die Leute denn vertrauen, dass ich die Juwelen auch wirklich zurückgebe?«

»Aber natürlich«, platzte Donald heraus. »Ich habe alles über Sie gelesen; Sie sind eine Legende. Sie sind berühmt. Die Frauen haben Sie verehrt. Die Männer haben Sie heimlich bewundert. Sogar John Robie sagte, Sie seien etwas ganz Besonderes.«

»Lucia di Lammermoor hat gesagt, es sei ihr schönstes Erlebnis gewesen, von Ihnen in den Schlaf gesungen und beklaut zu werden«, rief Antonella dazwischen. »Sie wird begeistert sein, Sie wiederzusehen!«

»Die Frauen lieben Sie«, beteuerte Donald theatralisch und riss sich in der Aufregung den Mundschutz herunter.

»Herr Phantom, geben Sie sich einen Ruck«, bettelte Antonella. »Wir müssen versuchen, das Grandissimo zu retten. Mit Ihrer Hilfe kann es uns gelingen.«

Das Phantom lächelte geschmeichelt und nickte. »Du hast recht. Das Grandissimo darf nicht untergehen. Und wenn ich ehrlich bin, habe ich schon oft davon geträumt, auf einer Bühne zu stehen.«

»Das werden Sie jetzt«, sagte Donald grinsend. Es fühlte sich gut an, den Mund frei zu haben.

Das Phantom reichte den beiden die grüne Hand: »Wenn

ich Signor Trullo damit helfen kann – dann mache ich mit.«

»Na also.« Antonella klatschte in die Hände. »Zusammen werden wir das Kind schon schaukeln.«

Am Abend trafen sich Donald und Antonella in der Meeressuite und besprachen ihren Plan mit Herrn Olafson und Fräulein Hilda. Donald sah aus wie das blühende Leben – trotz des neuen Mundschutzes, den ihm Lady Winterbottom sofort wieder verpasst hatte. Auch eine neue Flasche Desinfektionsmittel hatte sie gekauft. Von seinem Ausflug nach draußen wusste sie aber nichts.

»Hm«, brummte Herr Olafson und nahm einen Schluck Tee.

»Eine wunderbare Idee. Wir müssen kräftig die Werbetrommel rühren«, sagte Fräulein Hilda. »Dafür können wir jede helfende Hand gebrauchen.« Manchmal ärgerte es sie, wenn Herr Olafson so maulfaul war, wie sie es nannte.

»Die Hotelgäste«, schlug Herr Olafson vor. Auch er fand die Idee hervorragend.

»Achtung, aufgepasst«, rief Antonella, als am Abend alle Gäste im Speiseraum versammelt waren. »Donald und ich haben Ihnen allen etwas mitzuteilen.«

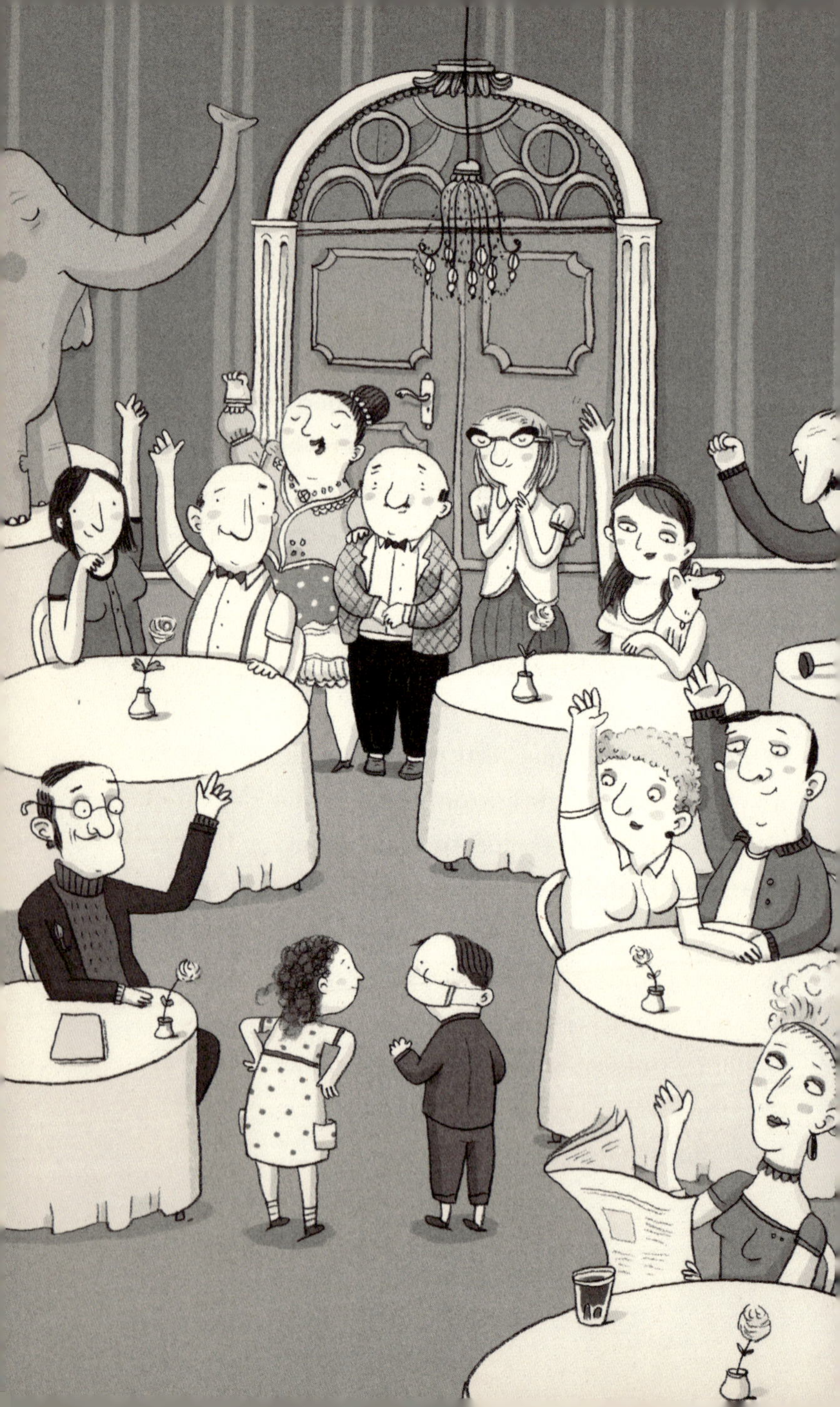

Abwechselnd erzählten Antonella und Donald die wahre Geschichte über den Juwelendiebstahl. Lautes Gemurmel entstand, als die Gäste erfuhren, dass Signor Trullo der Dieb war. Noch lauter wurde das Gemurmel, als sie den Grund für den Diebstahl erfuhren.

»Das Grandissimo – ein Schnellrestaurant«, rief Lucia di Lammermoor empört. »Das ist ja wohl das Letzte!«

»Marvin würde nie in ein anderes Hotel außer dem Grandissimo gehen«, erklärte Miss Frenzy wütend.

»Dieser Mistkäfer von Gorgonzola«, schnaubte Herr Honigbart.

»Ruhe alle miteinander!« Antonella schlug mit der Gabel auf den Teller. »Wir haben eine Idee, wie wir das Grandissimo retten können. Aber dafür brauchen wir Ihre Hilfe. Wer macht mit? Hände hoch!«

Alle Hände gingen hoch. Sogar die von Herrn Honigbart.

»Worauf warten wir noch!«, rief Lady Winterbottom und hob ihr Glas. »Ein Hoch auf die Rettung des Grandissimo!«

»Ein Hoch auf die Rettung des Grandissimo«, fielen die anderen Gäste mit ein.

Signor Trullo und Signora Maria hatten Tränen in den Augen vor Glück.

20. Kapitel

Die nächsten zwei Wochen war das Grandissimo kaum wiederzuerkennen. Statt in Liegestühlen am Strand herumzuliegen oder Bücher zu lesen, waren alle Gäste mit den Vorbereitungen für die Rettung des Grandissimo beschäftigt.

Lucia di Lammermoor übte täglich die ausgesprochen schwierige *Arie des Phantomas*. Diese Arie wurde als Titelmelodie für die stündlich laufende Radiowerbung »Sehr exklusiver Krimiabend mit dem Phantom« aufgenommen.

Aleksandr Skrz, der tschechische Maler, zeichnete Werbeplakate und Handzettel für den ersten Krimiabend im Grandissimo.

Fräulein Hilda schrieb die Werbetexte:

»Genießen Sie einen unvergesslichen Abend der Extraklasse! Magische Momente erwarten Sie! Erleben sie das weltbekannte grüne Phantom live!

Ob Mann, Frau oder Kind – jeder darf kommen. Einzige Voraussetzung: Behängen Sie sich mit so viel Juwelenschmuck wie möglich! Sie werden es nicht bereuen!«

Fräulein Hilda legte großen Wert darauf, dass alles sehr

geheimnisvoll blieb und nichts über den Ablauf des Abends verraten wurde, damit die Leute so richtig neugierig wurden.

Adele Honigbart und ihr Mann packten täglich ihre Rucksäcke mit den fertig gedruckten Plakaten und Handzetteln und verteilten sie in Santa Polenta und Umgebung. Sie achteten sehr darauf, dass die Gäste des Cosmopolito von den Krimiabenden erfuhren.

»Gebt keine Informationen heraus«, schärfte ihnen Fräulein Hilda ein. »Gebt ihnen nur den Handzettel und macht ein geheimnisvolles Gesicht.«

Signor Bombasto arbeitete an einem »phantomaren Fitnesstraining für Herren«, das er den zukünftigen Gästen des Grandissimo täglich am Vormittag anbieten wollte.

Miss Frenzy ließ für Marvin ein grünes Phantomkostüm schneidern und Marvin trug es mit Stolz und Würde.

Herr Olafson und Antonella tüftelten an einem speziellen Phantom-Mikado, bei dem die Stäbchen in verschiedenen Grüntönen schillerten.

Donald, der über das Phantom am besten Bescheid wusste, schrieb eine bemerkenswerte Kurzbiographie, für die er später sogar einen Literaturpreis erhalten sollte.

Signor Trullo und Signora Maria erarbeiteten ein spezielles Phantom-Menü.

Als Selma und Friedegunde Morgentau von dem Rettungsplan erfuhren, schickten sie ein Riesenpaket selbstgemachter herrlicher Lakritzstangen nach Santa Polenta – natürlich in phantomgrün, als Werbegeschenk.

Lady Winterbottom erwies sich als großartiges Organisationstalent. Sie hielt alle Fäden in der Hand und achtete darauf, dass alles glattlief. Sie sorgte dafür, dass sich Signor Trullo und Signora Maria wegen der Zusammenstellung des Menüs nicht allzu sehr in die Haare bekamen. Sie machte Lucia di Lammermoor Mut, wenn sie an der schwierigen Arie verzweifelte. Sie lobte die Zeichnungen von Aleksandr Skrz, der sich oft etwas unbeachtet fühlte. Und sie hielt Fräulein Hilda an den Donnerstagen bei Laune.

Als Antonio Gorgonzola das erste Mal von den Vorbereitungen des Grandissimo hörte, lachte er laut und sagte, Trullo sei ein naiver Trottel.

Als überall in seinem Hotel die Handzettel für den sehr exklusiven Phantom-Krimiabend herumlagen und die Cosmopolito-Gäste über nichts anderes mehr redeten, schlug er wütend auf den Tisch.

Als für seine berühmte Cosmopolito-Party, die am gleichen Abend wie der Krimiabend stattfand, die Anmeldungen ausblieben, sprang er im Dreieck.

»Was bilden sich diese Torfköpfe ein!«, brüllte er so laut, dass die Bilder an den Wänden wackelten.

»Bring mir das Phantom!«, schrie er Luigi Caprese an, »und zwar pronto!«

»Ich denke nicht daran«, erwiderte Caprese ruhig. Er hatte in den letzten Tagen nachgedacht. Viel nachgedacht. Er hatte es sogar mit Yoga versucht. Und dann war es seine Frau, die gesagt hatte: »Ich will meinen alten Luigi Caprese wiederhaben. Den lustigen, fröhlichen Mann, den ich vor zehn Jahren kennen gelernt und geheiratet habe.«

»Du stellst dir das so einfach vor«, hatte er geantwortet. »Das Haus, die Kinder ...«

»Ich pfeif' auf das Haus«, hatte seine Frau gesagt. »Und die Kinder spielen sowieso lieber draußen.«

Da wusste Caprese, dass es noch nicht zu spät war.

»Suchen Sie sich einen anderen Idioten, der für Sie die Drecksarbeit macht«, antwortete er Gorgonzola und nahm seinen Hut. »Ich gehe jetzt ein Eis essen. Das erste seit fünf Jahren.«

Weil Gorgonzola so schnell keinen anderen fand, der für ihn die Drecksarbeit machte, musste er sie wohl oder übel selbst machen. Er besuchte das Phantom und bot ihm einen Haufen Geld an, wenn es ihm verraten würde, was genau an diesem Krimiabend passieren würde.
Das Phantom schüttelte den Kopf.
Gorgonzola bot mehr Geld, aber das Phantom hörte gar nicht mehr hin. Es hatte noch einiges vorzubereiten.
Gorgonzola tobte und sprang im Viereck. Aber auch das half nichts.
Luigi Caprese, seine rechte Hand, hatte ihn verlassen. Das Phantom schlug sein großzügiges Angebot aus. Die Welt hatte sich gegen ihn gewendet. Das war eine neue Erfahrung für ihn.
»Na wartet«, knurrte er. »So schnell gebe ich nicht auf.«
Er ging in sein Büro und dachte nach. Das Phantom war ein gesuchter Juwelendieb gewesen. Klar, es wurde gefasst und kam ins Gefängnis. Aber einmal Dieb, immer Dieb, so ist das nun mal. Trullo brauchte Geld, um sein abgehalftertes Grandissimo zu retten. Die Gäste sollten sich mit Juwelen behängen. Und auf einmal lächelte Gorgonzola. Er hielt sich für besonders schlau. Für ihn war völlig klar, was an diesem Krimiabend passieren würde.

Im Grandissimo gingen die Vorbereitungen unterdessen weiter. Alle Beteiligten arbeiteten hart und konzentriert. Nur so war es möglich, dass am 25. August der erste Phantom-Krimiabend im Hotel Grandissimo stattfinden konnte.

»Hereinspaziert, meine Damen und Herren, nur keine falsche Schüchternheit«, rief Antonella und lotste den schier endlosen Gästestrom der über und über mit Juwelen beladenen Damen und gutgekleideten Männer durch das Foyer des Hotels in den Speisesaal. Sie trug einen grünen Liftboyanzug mit Goldborten und Schulterklappen. Auf den roten Locken trug sie ein grünes Käppchen. Beides hatte Signora Maria in einer alten Truhe im Keller des Grandissimo gefunden.

Der Pianospieler spielte die Titelmelodie von *Miss Marple*. Fräulein Hilda betreute die Kasse und gab die Eintrittskarten aus. Signor Trullo begrüßte die Gäste persönlich mit Handschlag und Signora Maria brachte sie zu ihren Tischen. Auch Luigi Caprese und seine Familie waren gekommen. Seine Frau und er sahen sehr verliebt aus.

Donald saß in einer Ecke des ganz in Grün gehaltenen Speisesaals und signierte seine Phantom-Kurzbiographie, die vor allem von den juwelenbehängten Damen gerne gekauft wurde. Auch das Phantom-Mikadospiel verkaufte sich prächtig.

Als der Speisesaal bis auf den letzten Sitzplatz voll war, kam das Essen, das von jedem Gast bis auf den letzten Krümel verputzt wurde. Signor Trullo und Signora Maria strahlten über das ganze Gesicht. Besonderen Anklang fanden die grünen Lakritzstangen, die im Pistazieneis steckten.

Schließlich betrat Fräulein Hilda die kleine Bühne, die extra für diesen Abend aufgebaut worden war. »Meine Damen und Herren. Wir kommen nun zum Höhepunkt des heutigen Abends. Sie alle kennen das grüne Phantom. Die meisten nur vom Hörensagen, einige hatten auch persönlich das Vergnügen.« Sie warf Lucia di Lammermoor einen vielsagenden Blick zu. »Heute können Sie die Legende von Santa Polenta live erleben.«

Fräulein Hilda machte eine bedeutungsvolle Pause. Das Publikum hielt den Atem an. Nur ein paar Juwelen klackerten leise.

»Das grüne Phantom war früher ein weltbekannter Juwelendieb. Doch nicht nur das: Mit seiner wunderbaren Stimme hat es seine Opfer hypnotisiert und in den Schlaf gesungen. Eines dieser Opfer war die bekannte Opernsängerin Lucia di Lammermoor.«

Fräulein Hilda nickte Lucia di Lammermoor zu. Durch das Publikum ging ein Raunen, als die Opernsängerin majestätisch die Bühne betrat. Lucia di Lammermoor erzählte davon, dass es nichts Herrlicheres gäbe, als von dem Phantom in den Schlaf gesungen und beklaut zu werden. Die Damen im Publikum seufzten entzückt. Die Männer blickten sich etwas verunsichert an.

Als Lucia di Lammermoor die Bühne verließ, sprach Fräulein Hilda weiter. »Wir möchten Sie alle heute zu einem Krimiabend einladen, den Sie so schnell nicht vergessen werden. Hier nun der Ablauf: Das Phantom wird Sie alle mit seiner herrlichen Stimme in den Schlaf singen. Dann wird es einer Dame ein Stück ihres Juwelenschmucks klauen. Etwas Unauffälliges natürlich, damit man es nicht sofort bemerkt. Das Opfer darf auf keinen Fall verraten, dass ihm etwas gestohlen wurde. Warum? Die Aufgabe der anderen Gäste wird sein, das Opfer herauszufinden. Natürlich werden die Juwelen am Ende des Spiels an die Besitzerin zurückgegeben. Aber das versteht sich ja von selbst.«

Die Gäste blickten sich an und tuschelten aufgeregt.

Fräulein Hilda lächelte. »Und nun: Lasst uns beginnen. Sie haben fünfzehn Minuten Zeit. Schauen Sie sich gegenseitig genau an und merken Sie sich, wer welchen Schmuck trägt. Und nicht vergessen: Nur Anschauen ist erlaubt. Keine Zettel, keine Stifte. Nur Ihr Gedächtnis zählt. Die Zeit läuft.«

Sofort machten sich die Gäste daran, sich gegenseitig aufs Genaueste zu betrachten. Bald summte es in dem großen Saal wie in einem Bienenhaus:

»Eine rote Rubinkette, zwei Smaragdringe, einer rund, einer viereckig, ein Diadem aus kleinen, sternförmigen Brillanten, ein paar türkisfarbene Ohrringe ...«

Jeder versuchte sich den Schmuck, der ihm auffiel, ins Gedächtnis einzuprägen. Bald hatten die Männer rote Köpfe vor Aufregung und die Frauen klimperten ausgelassen mit ihrem Schmuck.

»Ich glaube, es macht ihnen Spaß«, flüsterte Antonella und grinste. Signor Trullo nickte glücklich.

»So, die Zeit ist vorbei«, rief Fräulein Hilda. »Bitte setzen Sie sich wieder auf Ihre Plätze. Denn jetzt kommt das weltberühmte grüne Phantom und wird Sie exklusiv in den Schlaf singen.«

»Ah, oh«, riefen die Frauen entzückt, als das Phantom in einem eleganten dunkelgrünen Samtanzug die Bühne betrat. Die Männer brummelten Unverständliches in ihre Bärte. Dieses Phantom und die Begeisterung der Frauen waren ihnen einfach nicht ganz geheuer. Aber aufgeregt und gespannt waren sie trotzdem.

»Ich freue mich sehr, heute mit Ihnen im Grandissimo zu sein«, sagte das Phantom mit seiner leisen, angenehmen Stimme.

Und dann begann es zu singen. Erst leise und zart und dann immer lauter. Seine wunderbare Stimme schwoll an zu einem Fluss, randvoll mit herrlichen Klängen, der die Gäste sanft ins Land der Träume trug.

»Eine unvergessliche Stimme«, seufzte Fräulein Hilda, der als Erste die Augen zufielen.

»Wie in meiner Jugend«, flüsterte Lucia di Lammermoor und sank selig lächelnd auf den Schoß des Pianospielers.

»Schlafen, vielleicht auch träumen«, brummte Herr Olafson, bevor sein Kopf auf den Tisch sank.

»Man kann gegen das Phantom sagen, was man will, aber singen kann es«, murmelte Herr Honigbart. Dann machte er es sich auf dem Fußboden bequem.

Marvin, Miss Frenzys Hund, fiel einfach zur Seite und fing an zu schnarchen.

Nach und nach sanken alle Grandissimo-Gäste in einen wunderbar herrlichen, erholsamen und erquickenden Schlaf. Alle bis auf Antonella und Donald. Sie hatten sich Ohrenstöpsel in die Ohren gestopft, weil sie zusammen mit dem Phantom das Opfer aussuchen wollten.

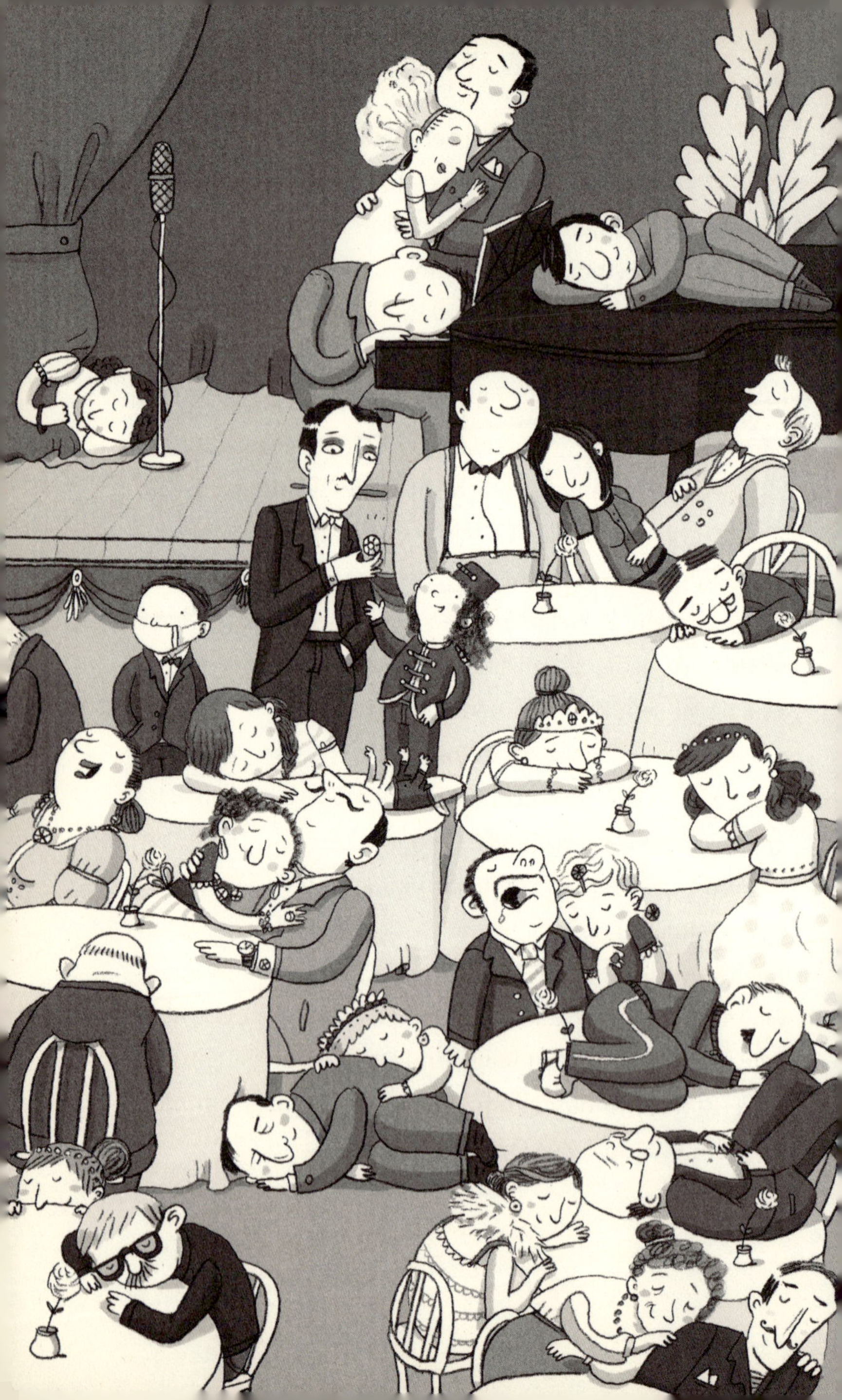

»Wie wäre es mit dieser Kette?«, flüsterte Antonella und deutete auf die zarte Smaragdkette von Frau Honigbart.
Donald schüttelte den Kopf. »Das würde Herr Honigbart doch sofort erkennen. Wie wäre es mit Marvins Halsband?«
»Das würde Miss Frenzy sofort merken«, sagte Antonella.
»Ich glaube, ich habe genau das Richtige gefunden«, flüsterte das Phantom und lächelte. Es deutete auf die winzige Brillantbrosche von Miss Frenzy.
»Sehr unauffällig, findet ihr nicht? Außerdem hat Miss Frenzy keinen Ehemann, der ihren ganzen Schmuck kennt.«
Mit geübten Fingern entfernte das Phantom die Brillantbrosche der Schauspielerin und gab sie Antonella zur Aufbewahrung.
Es dauerte etwa eine halbe Stunde, bis die ersten Gäste anfingen, sich zu räkeln und zu strecken. Sie wirkten sehr erfrischt und glücklich, als wären sie soeben aus einem wunderbaren Traum erwacht.
»Ich fühle mich wie neugeboren«, riefen sie, und: »So gut habe ich schon lange nicht mehr geschlafen.«
Auch Fräulein Hilda wirkte so frisch und ausgeruht wie schon lange nicht mehr, als sie die Bühne betrat.

»Und nun beginnt der zweite Teil unseres Krimiabends, meine Damen und Herren«, rief sie. »Finden Sie das Opfer des grünen Phantoms!«
Wieder fingen alle Gäste an, sich gegenseitig von oben bis unten anzustarren. Jeder wollte das Opfer finden. Auch Fräulein Frenzy, die Bestohlene, tat so, als wäre sie wild entschlossen, das Opfer zu entdecken, obwohl sie schon längst bemerkt hatte, dass sie es selbst war.
»Eine waschechte Schauspielerin«, flüsterte Antonella anerkennend.

Während die Gäste im Speisesaal des Grandissimo ihren Spaß hatten, spielten sich im Foyer ganz andere Szenen ab.
»Lassen Sie uns herein«, verlangte Gorgonzola patzig und versuchte, sich an der empörten Signora Maria vorbeizudrängeln. Im Schlepptau hatte er zwei Polizisten. Es waren die gleichen, die bereits da waren, als Lady Winterbottoms Kette verschwunden war.
»Ich denke nicht daran«, sagte Signora Maria empört und stellte sich wie ein Fels vor die drei Eindringlinge.
»Ich habe das Opfer«, ertönte auf einmal eine triumphierende Stimme aus dem Speisesaal. »Die Brillantbrosche. Das Phantom hat die Brillantbrosche von Miss Frenzy geklaut!«

»Sehen Sie«, rief Gorgonzola an die Polizisten gewandt. »Ich hatte recht! Und jetzt lassen Sie uns gefälligst vorbei!«

Unsanft schubste er Signora Maria zur Seite und stürmte zusammen mit den beiden Polizisten in den Speisesaal.

»Stillgestanden! Keiner verlässt den Raum!«, riefen die beiden Polizisten gleichzeitig. Gorgonzola schnappte sich das überrascht dreinblickende Phantom und zog es hinter sich her.

»Ich sagte doch: Einmal Dieb, immer Dieb.«

Die beiden Polizisten nickten zustimmend und hielten das Phantom fest.

»Was bilden Sie sich ein, Sie widerlicher Wurm, Sie!«, rief Lady Winterbottom wütend. »Lassen Sie sofort unseren Ehrengast los!«

»Ja, lassen Sie unseren Ehrengast los!«, riefen nun auch einige andere Gäste empört. Gorgonzola fühlte sich ein bisschen verunsichert, beschloss aber, sich nicht darum zu kümmern.

»Reden Sie keinen Unsinn, meine Damen und Herren«, donnerte er. »Eine Dame wurde soeben bestohlen. Ich habe es doch selbst gehört. Eine Miss Frenzy. Dieser Krimiabend war ein abgekartetes Spiel, verstehen Sie denn nicht? Es war geplant, dass Sie bestohlen werden!«

»Bestohlen ja. Aber mit Juwelenzurückgarantie!«, rief Antonella munter. »Das ist etwas völlig anderes!«

»Jawohl«, rief Miss Frenzy und trat angriffslustig auf Gorgonzola zu. »Und damit Sie es nur wissen: Wenn ich will, kann ich mich bestehlen lassen, so viel ich will und von wem ich will. Das geht Sie einen feuchten Kehricht an!«

Die anderen Gäste lachten. »Genau«, riefen sie zustimmend. »Verschwinden Sie und stören Sie uns nicht länger!«

Antonio Gorgonzola wusste nicht mehr so recht, was er denken sollte. Das Ganze lief völlig anders als geplant. Auch die beiden Polizisten kratzten sich am Kopf.

»Aber der Phantom ...«, versuchte Gorgonzola es noch einmal.

»Es heißt *das* Phantom«, sagte Fräulein Hilda energisch. »Und jetzt machen Sie, dass Sie fortkommen.«

Antonio Gorgonzola bekam einen roten Kopf. Er hasste es, verbessert zu werden.

»Jemand, der aus dem Grandissimo ein Schnellrestaurant machen will, hat hier nichts verloren!«, rief Luigi Caprese und legte den Arm um seine Frau.

»Ein Schnellrestaurant!« Die Gäste waren empört. Auch die, die im Cosmopolito wohnten. »Das ist ja wohl das Letzte!«

»Es lebe das Grandissimo!«, rief Donald plötzlich laut und riss sich zum Schrecken seiner Mutter den Mundschutz herunter.

»Ja, es lebe das Grandissimo!«, fielen alle begeistert ein und klatschten fröhlich in die Hände.

Die beiden Polizisten zuckten mit den Schultern und zogen ab. Antonio Gorgonzola wurde es schwindlig. Langsam wankte er hinaus und fragte sich, ob er gerade im Begriff war, verrückt zu werden.

Liebe Morgentaus,

ich bin sehr glücklich, euch mitteilen zu können, dass der Phantom-Krimiabend ein absolut durchschlagender Erfolg war! Das Grandissimo war voll bis unter die Decke und die Gäste hatten einen Riesenspaß. Sieger des Abends war Luigi Caprese. Er hat die fehlende Brillantbrosche von Miss Frenzy bemerkt.

Die beiden wurden kräftig gefeiert und bekamen Preise vom grünen Phantom. Luigi Caprese bekam einen wunderschönen grünen Seidenschal, der ihm sehr gut steht. Und Miss Frenzy bekam für sich und Marvin eine Freikarte für den nächsten Krimiabend, über die sie sich sehr gefreut hat. Selbstverständlich hat das Phantom die Brosche wieder zurückgegeben.

Antonio Gorgonzola ist ein ganz schön zäher Brocken. Erst hat er versucht, unseren Krimiabend zu stören (Genaueres erzähle ich euch, wenn wir wieder zu Hause sind), und weil wir ihn verjagt haben, kam er am nächsten Tag mit einem Anwalt. Er versprach dem Phantom, es könnte mit seiner Hilfe weltberühmt werden, wenn es aufhören würde, die Krimiabende in diesem popeligen Grandissimo zu veranstalten. Das Phantom müsse nur einen Absolut-Exklusiv-Vertrag unterschreiben, den Gorgonzola schon bereithielt.

Signor Trullo wurde ganz bleich, als er das hörte, und Signor Bombasto sah aus, als würde er diesem Gorgonzola gleich eins auf die Nase geben.

Doch das Phantom sagte sehr höflich, dass es keinen Bedarf an absoluter Exklusivität habe, vielen Dank, und dass es viel lieber weiterhin sehr exklusiv im Grandissimo auftrete. Da waren wir alle sehr froh, bis auf Gorgonzola, der raufte sich die Haare und wurde so rot im Gesicht wie ein Pavianhintern. Auch der Anwalt schaute nicht sonderlich glücklich drein. Herr Olafson sagte, Gorgonzola sei ein richtiger Stinkstiefel, und alle haben genickt.

Signora Maria kann sich nach dem Krimiabend gar nicht mehr retten vor all den Gästen, die im Grandissimo übernachten wollen. Und das Phantom-Fitnesstraining für Männer von Signor Bombasto ist der Hit. Ich glaube, Signor Trullo muss sich jetzt keine Sorgen mehr machen, dass er das Grandissimo verkaufen muss. Er lässt euch übrigens ganz herzlich grüßen und fragt nach eurem wunderbaren Grüne-Lakritzstangen-Rezept.

Wir werden Santa Polenta übermorgen verlassen und weiter durch Italien reisen. Signor Trullo macht extra mein Lieblingsessen zum Abschied: Calamari fritti mit viel Zitrone und Reis. Als Nachtisch gibt es Tiramisu, was zwar nicht an eure Lakritzstangen heranreicht, aber trotzdem sehr lecker ist.

Ich bin ein wenig traurig, meine neuen Freunde zu verlassen. Vor allem Donald. Er weigert sich seit Neuestem, einen Mundschutz zu tragen, und gestern ist er sogar mit mir an den Strand gegangen. Lady Winterbottom macht sich Sorgen; sie sagt, sie kenne ihren Sohn nicht wieder. Aber sie muss selbst zugeben, dass Donald jetzt viel besser aussieht. Wie das blühende Leben. Ich denke, seinem Immunsystem gefällt die frische Luft wesentlich besser als dieses eklige Desinfektionsmittel. Davon wurde mir ja schon immer ganz schwummrig und mein Immunsystem ist völlig in Ordnung.

Ich hoffe, euch geht es gut und ihr fühlt euch wohl wie zwei Fische im Wasser. Bitte sagt Herbert, dass Marvin zwar ein netter Hund ist, aber nie an ihn heranreichen wird.

Bis bald,

Eure Antonella ♥